Your Tenderness

幾許溫柔

黎漫・著

日子裡的溫柔，
屬於你所賦予。

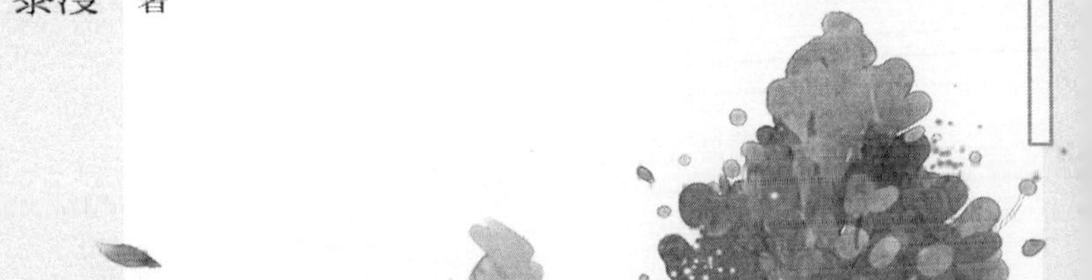

"I've wanted you for too long."

目錄

contents

推薦序
我在那些平凡的小日子裡——愛你／妳

席雪

在準備閱讀《幾許溫柔》之前，我花了一些時間沉澱自己所有的心浮氣躁和情緒，畢竟，生活太苦悶了（笑）。坐在一間午後寧靜的咖啡小店裡，把自己掏空，想要好好地享受這個故事；在閱讀的時候，我們走進故事裡主人翁們的世界，可以暫時忘卻現實中的煩惱與憂愁——對我而言，這就是閱讀最吸引人之處。

故事開頭沒多久，我就被這句話給觸動了：有多少喜歡，就有多少不安。爾後，當我在看這個故事裡幾對角色發生的經歷時，總忍不住想起。

漫漫的文字，溫柔爾雅、樸實卻又細膩，作為讀者，你可以跟她的文字談戀愛，或者，你會深深愛上劇情裡，這些角色們帶給你的真切和悸動。我很享受在閱讀漫漫的故事時，那些以尋常情節堆疊而出的後勁餘韻，某些片段，在你看第一次時，就會想要從新再讀過一遍，然後一些關鍵詞句，會停留在心上許久。

《幾許溫柔》裡，除了主角季長河和藍耘的愛情之外，同時也有配角們的故事線在走，余笙和陸之辰，闞家樊和溫南枝，或許並非每對戀情，都以完美告終，但你終會懂得，愛情的存在，並不會只有一種面貌。而溫柔，亦是。

不過我得承認，這個故事大部分的劇情都是甜寵文無誤，讀完會蛀牙。

如果說讓男女主角討喜，是身為一位作者的基本功，那麼，能讓每位主角都受人喜愛，就是漫漫實在的功力了，也是這個故事最與眾不同的地方。配角們的感情線，彷彿都各自獨立，卻不會壓過兩位男女主角的光環，可是當那些劇情交代完了，你卻彷彿食髓知味般想要看更多。

《幾許溫柔》沒有太多華麗的場景，有的只是樸實的浪漫，沒有太多撩妹的高超手段，卻有一個男人，能給一個女人最多的溫柔。

或許，我們都用餘生，在等待這麼一個人。

他可能口拙，不懂得浪漫，更不會說好聽的話，但願將一生的溫柔，都奉獻給心愛的人。

願我們，幸福。

推薦序

《幾許溫柔》，連文字都輕柔如羽，像情人在耳邊的低喃，也像初戀時悄悄悸動的心。

喜歡幾位男角們的專情，彷彿能看進他們眼底的，也只有心心念念的她。喜歡愛情萌芽前的糾結，喜歡每一幕曖昧不明的場景，也喜歡出現的每一個吻，即使只是文字，仍臉紅心跳得不能自已。

更喜歡——黎漫對於愛情火花的訴說，喜歡得不得了，溫柔的筆觸讓人一看上癮、欲罷不能。

我已經開始期待，黎漫的下本故事，又會訴說出怎樣的愛戀。

A.Z.

二〇一九年七月十三日

楔子，何處聽雨

冬日將來，秋時已盡，
一季拂過的葉都落下。

冬日將來，秋時已盡，一季拂過的葉都落下。
濕潤的傍晚，雨水痴纏，天是迷茫的灰——

季長河坐在休旅車裡，膝上放著背包，左肩半倚車門，雙眸時睜時閉。當車輛在一個紅燈前停下，她目光偏了偏，望向斜前方的後照鏡。鏡裡，一對深邃眉眼顯映，屬於那個年輕男人，藍耘，也是她最熟悉的人。駕駛座上，他肩背微垮，顯得有些寥落。她凝視著他，欲說些什麼，但最終選擇沉默，無法言明的情緒於心底蔓開。

又經過幾條車流壅塞的街。

他們來到人車交匯的十字路口，縱向行駛道路的綠燈亮起時，忽然有名行人不顧號誌，快步橫越了斑馬線。他為閃避突發狀況，不得不踩下煞車，車身由於慣性作用，驟然朝前一陣猛晃——

季長河未有心理準備，身軀頓失平衡，整個人磕向他的椅背。縱然撞擊力道不大，卻造成不小的動靜。藍耘有驚無險地穩住車子，隨即轉頭檢視她的狀況。

雲幕低垂，光影昏昧。她辨不清他的神情，但留意到他眼尾泛起的歉意，然而那份歉意裡，包含太多複雜。

✿

幾小時後，他們抵達在新城市承租的公寓，藍耘將休旅車停放於公寓下方。湖水綠的車棚邊緣墜落成串水滴，季長河欲伸手承接，被他輕輕按住。

「不要碰。」他說：「會冷。」

聽到她「嗯。」了聲，他搭著她的手，才緩緩放開。

藍耘從後車廂取出所有行李，提入陰暗的水泥梯間，她發現自己沒東西可拿，但也不知如何開口。按照往例，他只會說：「很重，我拿就好。」便結束對話。

一如預期，今日的她，依然什麼都沒討到，一雙手空著，唯肩上背了一只深藍色小包。她習慣跟在他幾步之後，望著他的背影、確認他的存在，獲取一份有所依傍的安然。

梯間空蕩，雨聲迴響，屋頂有幾處皸裂，足底踏過盡是濘滑。他每跨幾階，就會回過頭，似乎怕她不慎跌倒。

新租的房間在四樓，樓層其實不高，她卻感覺走了很久，遲遲無法抵達。

來到寫有數字四〇三的門前，暗銅色漆痕已然斑駁。

寒風夾雨吹入走廊，他捨不得她淋濕，翻找鑰匙的同時，把她好好護在身前和門板之間。

開了門，屋內漆黑一片，直到他觸及開關，一室才瞬間通明。

縱然行李不多，全部堆進房裡，凌亂依舊。他們一邊打掃、一邊整理，幾個小時一晃而過。直至夜半，他們仍未能整頓好新居。

平日接近午夜，她早已就寢，此刻他不意外地看見她打了一個小小呵欠。

「先睡吧，明天繼續。」他點了點她的鼻尖。

當藍耘攀上雙層床架，發現樓板邊角有些霉斑，幾個地方因而不停滴水，導致上鋪床罩被打濕。他告訴季長河漏水的情況，「上鋪沒辦法使用，妳睡下鋪。」

「你呢？」

他幾乎不假思索，「地板。」

「可是──」她總覺不妥，「地板又硬又冷。」

「沒關係。」

她停頓半晌，又開口喚他：「藍耘。」

「嗯？」

「你要不要……跟我一起睡在下鋪？」她把枕頭抱在胸前，遮住下半張臉。

他摸摸她的頭，「不怕我把妳擠下去？」

「我可以睡靠牆那一側。」她很小聲咕噥：「說不定被擠下去的是你。」

聽到她的話，他笑了笑，「那我得小心點了。」

✿

就寢時，兩人背對著背，不過身後是藍耘，季長河難免感到緊張，此般思緒令她睡不著。因為有多少喜歡，就有多少不安。她是喜歡他的。十六歲的她，喜歡著二十五歲的他。然而，他們的關係如同彼此咬合的齒輪，看似時刻鑲嵌，可稍有不慎，又將輕易鬆落。所以，這份延續了九年的情感，是她埋藏心底最深的祕密。

不久，季長河察覺他翻了身，他均勻的呼吸拂過她耳尖，帶來一絲癢意，令她忍不住顫了下。

藍耘似乎被她那一動吵醒，「怎麼了？」

他摻著一點嘶啞的嗓音低沉好聽，她不禁覺得臉頰略微發燙，但故作鎮定。

「……沒事。」

「是不是會冷？」

他們已躺了一陣子，她隱約碰著他小腿，腳仍然很冰。

「還好，沒很冷。」

有他在，她其實不冷，只是血液循環不好，手腳末梢體溫經常偏低。

「妳轉過來。」

聞言，她身子微微一僵，缺乏勇氣配合動作。

他見她沒反應，又重複了一次，「長河，妳轉過來，把手給我。」

「嗯。」她懷著些許忐忑，緩緩面向他。

他把她一雙小手放進自己掌心，來回揉了揉，再輕輕捂著。

「這樣有比較暖和嗎？」

因為過於害羞，她喉嚨發緊，講不出話，只點了點頭。

「早點睡吧，晚安。」

「嗯，晚安。」

她聽著他如潮騷的心律，一起一伏，逐漸侵吞她的意識……

——藍耘。

朦朧間，她默讀他的名字。

——希望你能一直留在我身邊。

第一話，殘缺的懸念

他們的相遇，是她此生的信仰，
盼求兩抹靈魂密而不分。

一

隔週一早晨，天雨將落未落。

季長河轉入新學校的二年丁班就讀。

導師余笙將她的座位安排在班長陸之辰隔壁，另一側靠窗。

一堂早自習過去，雨已降下，玻璃上漫著茫茫雲煙，光景隱隱約約。

第一節是生物課，介紹遺傳疾病篩檢。

她還未領到課程用書，便與鄰座的陸之辰併桌、共看課本。

半堂課下來，陸之辰使用螢光筆圈出重點，課本空白處亦寫滿筆記，但他彷彿還嫌不夠，又黏了好幾張便利貼記下問題。

季長河先是觀察他的字跡，後則把視角從書頁上移。她瞥見他鼻梁上架著黑框眼鏡，鏡片很薄，度數應該不深，他的五官端正，可神情極盡淡漠，看似不近人情。那時，老師恰好完成新的板書，他隨即垂首抄謄，露出髮下的耳廓。

過了好一會，他發覺她的視線。

「沒帶筆記本嗎？」

這是他對她說的第一句話，聲調清清冷冷，與他給人的最初印象如出一轍。

季長河剛才只顧盯著他，等反應過來，他已撕了幾張測驗紙，置於她桌前。

「拿去。」說完，他再度專注地聽課。

她其實有帶筆記本，眼下卻也不好意思取出，只能在那些紙上抄抄寫寫。

直到中午之前，陸之辰皆維持那一絲不苟的態度，使得她的心情不免跟著繃緊。

✿

午間，季長河並未感到飢餓，便沒打算吃午餐，慢悠悠地在校舍中隨意穿梭。

二年丁班的教室位於教學樓東側三樓，靠近走廊的那一面正對操場。

靄霂涔涔，操場上學生稀稀落落，大多撐傘徐行，僅零星幾人拿外套擋雨。操場外圍是一圈落葉木，該季徒留蒼涼殘枝，滿地枯葉被泡得軟爛。

日字型的教學樓，每條走廊底端都設有樓梯。她順著往下走，和一些學生擦肩而過。余笙交給她的校園平面圖，標註著地下一樓為圖書室，她想去那裡借閱書籍消磨時光。

季長河拉開圖書室前門，成排木質書架立刻映入眼簾。她走進圖書室，在書架之間徘徊，最終佇足於文學小說區。她以目光逡巡一冊冊書背，找尋書名令她感興趣的作品。後來，她無意間發現一本轉學前來不及讀完的書——《春宴》，作者為慶山，故事著眼於愛的探討，沒有明確的對錯、真假、是非。

——即使不對話，只是站在他身邊，也覺得世間變幻不定其樂無窮。哪怕只是在旁邊看著他，都覺得他是美。此刻我如此清晰而深切地感知到他。想與他融為一體，密不可分。

她的指尖輕輕滑過紙面，書頁細微粗糙的質感，猶如藍耘的掌，只是後者乾燥而溫暖。

——他不是我的親人，他也不僅僅是一個成年男子。他代表我在因緣中得以相逢的一個難存於世的靈魂。

一頁頁重溫與新讀，她隨著故事向前，讓虛構與真實並行。

——他們的相遇，是她此生的信仰，只盼兩抹靈魂密而不分。他不離、她不棄。

不覺間，時間逝去，午餐結束的鐘聲沉厚低鳴。

✿

接下來兩天，季長河也都那麼度過。

在教室裡不刻意與人交談，一到中午就躲進圖書室，放學後背起書包旋即離開。因此班上除了陸之辰和幾位股長，基本沒誰和她說過話。

她認為這樣的關係是輕鬆的，不用為了迎合某些人做某些事。

✿

自從兩年多前開始與藍耘一起生活，季長河就養成拿傳單的習慣，回家時還會仔細紀錄折扣資訊。

轉學第三日，她透過傳單得知鄰近的超市有做牛肉特賣活動，時間定於當天下午三點半，偏偏她五點才下課，即使趕過去估計也只能搶到空氣。權衡利弊之下，她決定翹掉三點以後的兩堂化學課。由於她的存在感稀薄如空氣，當她拎著書包走出教室，幾乎沒有同學多加留心。

午後化學課，余笙注意到季長河的座位空著，以為她是因不熟悉環境迷了路，便派同學請教官進行校園廣播。殊不知季長河早就找到校園維安的破口，順利從後門溜出學校，可謂無師自通。

✿

前往超市的路途，季長河其實相當緊張，但非基於翹課，而是對周遭陌生。她乘上公車之前，反覆核對了路線，深怕自己搭錯方向，讓提前離校失去意義。

抵達超市時，她鬆了一口氣，三點二十分，距離活動開始尚餘十分鐘。不過，現場此刻已經湧入不少人潮，且大多都殺氣騰騰。她忽然有點慫，覺得戰鬥力不足，可是——

想到辛苦工作的藍耘，她抿了抿唇，告訴自己絕對不能輸給他們。

十分鐘後，工作人員使用擴音器宣布開放搶購，成群顧客瞬間擠向販賣生鮮牛肉的專區。

季長河身材本就嬌小，陷在人陣裡連呼吸都困難。她東閃西避，好不容易到達最前方，驚覺牛肉剩沒幾盒，慌忙伸手去撈。成功搶到牛肉的她，臉上露出滿足的表情，像中了彩券一樣，樂呵呵的。隨後，她又拿了幾樣食材才去結帳。

待季長河提了滿手東西走出超市，意外在門口的水泥柱旁撞見藍耘，她詫異地張了張嘴。

藍耘當下正低著頭，神情頗為焦躁，眉心也緊緊擰起。他單手斜插於口袋，另一手按著手機螢幕，看起來在與誰傳訊息。

「藍耘。」她叫了他，聲音不大，猶帶著幾分不確定。

聽聞那聲叫喚，他抬眼看向朝他走近的她，臉色逐漸緩和了下來。

「怎麼不接電話也不回訊息？」他講完，發現她滿手東西，便未再多言，只道：「很重吧，我來拿。」

他利索地接過所有提袋，僅留一瓶米酒讓她抱著。

「你怎麼會來？」她知道他最早六點才能離開公司，若臨時加班，指不定會更晚。

藍耘大學畢業當年，進入一間大型電子零件企業的子公司工作，從工程部門的職員做起。前陣子，他才剛陞遷為小主管，卻無故遭受公司上層糾紛波及，而被調派至另一地點的子公司，這也使他不得已攜她搬家轉學……

「某人開學第三天就大膽翹課，我能不來找人嗎？」他睨她一眼，語氣不像責備，反而帶了點玩味。

她訕訕地笑，「老師聯絡你啦？」

「身為名義上的監護人，我也只能告訴她：妳臨時想起家裡有事，就先離開了。」

她點了點頭，似乎頗為認同他的做法。

「傻瓜。」他刮了一下她的鼻尖。

在見到季長河之前，藍耘整顆心都懸著，深怕她出了事。孰料碰面時，她竟笑得沒心沒肺，好像翹課來這裡掘到了金銀財寶。

「不對啊，」她曲起食指，抵在唇前，「我想問的是，你怎麼知道我在這裡？」

「餐桌上的傳單。」

前天夜裡，他又看她拿著小本本，記了一堆密密麻麻的字，他索性也拿傳單翻了翻，不難猜到她的小心思。

「所以，你知道今晚的料理加什麼菜？」她本想給他一個驚喜，這下子約莫破功了。

「是加肉吧。」

他低笑，伸手摸摸她的頭，顯然全都知曉。

二

翌日上午化學實驗課，丁班以四人為單位，劃分小組進行實驗。

季長河被安排加入僅有三人的小組，組員包含陸之辰和另外一男一女。

「我們終於不用再委屈三人成虎了。」身型瘦長且皮膚黝黑的男孩笑著說。

一旁比季長河高出許多的女孩睞他，「別亂用成語。」

「長河，妳好。」他自來熟地叫她的名字，順道自我介紹：「我叫顏帛俞。」

「我是夏詩穎。」她也跟著打招呼。

陸之辰已專注地在配置藥品，毫無加入話題的意思。

「誒，你怎麼不介紹一下？」顏帛俞用手肘碰了碰陸之辰。

陸之辰因沒預期他的動作，右手陡然一晃，險些於燒杯中添入過量的指示劑。他放下滴管，緩緩回眸，「她知道我的名字，不需要刻意介紹。」語畢，他無溫的視線定格在她身上，像在等她配合應和。

「嗯，我知道。」

迫於他冷冽的氣場，她別無選擇，唯有乖乖點頭。

組裡有陸之辰這種自帶外掛的同學，他們沒三兩下就完成實驗，完全不費吹灰之力。正確來說，整組付出最多腦力的只有陸之辰，而他始終面無表情，模樣一派輕鬆。

四人上繳數據時，負責督導實驗的余笙愣了愣，「這麼快嗎？」她低頭核實幾組數字，皆與她預設的標準答案僅有微小誤差。她本擔心是她將實驗設計的過於簡易，但發現陸之辰也是他們的組員之一後，那股自我懷疑的困惑頓時煙消雲散。「你們先收拾器材和整理桌面等其他同學吧。」

✿

化學實驗課下課，一行人準備離開。

夏詩穎用手指在自己、顏帛俞和季長河之間比劃，勾勒出三角形狀。「我們三個人一起走吧。」

季長河偏過頭，望向站在教學實驗台附近的陸之辰。「他呢？」她明白他通常獨來獨往，但他也在組裡，若將其排除在外，似乎略嫌失禮。

「他可是老師眼中的好學生，總會留下來幫忙收拾實驗材料。」顏帛俞口吻有些戲謔。

季長河仍覺得留他一人欠妥，「那我們要不要也——」

顏帛俞擺了擺手，打斷她的話，「沒事、沒事，不用在意他。」繼而又勾勾食指對她們說：「走嘍。」

抵達丁班教室之前，季長河驀然想起，她手臂上掛著的實驗衣，是向實驗室借用的公物，必須折返歸還。

當她走回實驗室，裡面的燈已熄了大半，僅餘兩名值日同學在打掃環境。她想找余笙交還實驗衣，卻不見她蹤影，於是開口詢問值日同學。

其中一人放下抹布，答道：「余笙老師應該在樓下的實驗準備室。」

實驗大樓共有六層，相較四層樓的校舍高。丁班做實驗的化學實驗室位於五樓，同學口中的實驗準備室則在四樓，又是個季長河未曾前往的地點。

四樓的光線昏暗，且踏在板磚走廊上，每一步皆有跫音，竟頗具鬼片氛圍。

她左右張望兩側的教室名稱，終於在走廊中段找到實驗準備室。

那裡的門扉微微敞開一條窄隙，季長河正欲推門入內，卻聽準備室內傳出尖叫，而瞬間縮回了手。

實驗準備室中，余笙把藥品妥善放回原處。然而，她恰要闔上櫃門時，忽有一隻蜘蛛從層板鑽出，她嚇得驚呼出聲：「有蟲！」

陸之辰朝她走去，看向那八隻腳的小東西，「余笙，牠有八隻腳，不是蟲。」他的語調不急不緩。

「不管牠有幾隻腳，我都不喜歡。」

余笙沒一開始那麼害怕，但還是嘟著嘴，往後退了退。

「嗯，妳不喜歡牠沒關係，」他伸手將她拉向自己，「喜歡我就好。」

「……之辰，別這樣。」她未再繼續嘟嘴，可一雙小手抵在他胸前，微弱地推拒。

陸之辰的神色波瀾不驚，動作則柔情滿溢。他低下頭，輕吻她的眉心，又慢慢下移，親了親她的眼角。

余笙肩膀一縮，兩手稍微用力，掙脫了他的懷抱。

「下一節課要開始了，你趕快收東西。」她的口齒清晰，聲音卻微微顫抖。

✿

目睹一切的季長河沒能歸還實驗衣。在陸之辰吻上余笙眉心的剎那，她立刻掉頭就跑。此時，她的臉頰是熱的、心跳是烈的、腦袋是亂的，爬樓梯的步伐踉踉蹌蹌，好幾度險些摔倒。

✿

放學前，她至辦公室將實驗衣直接交給余笙，但整個過程她都沒能直視她一眼。

三

對季長河而言，陸之辰和余笙擁吻的事實過於衝擊，乃至於她回家之後仍恍恍惚惚，不時憶起某些畫面。她漫不經心地煮飯燒菜，甚至連電鈴響了、家門被推開了，都未察覺。

一直以來，藍耘下班回家，季長河若在，他只需按個電鈴，她定會蹥蹥地跑去為他開門，並掛著甜甜的笑容對他說：「藍耘，歡迎回家。」

當晚卻非如此。

藍耘最初以為她還未回家，但當他打開門，聽見抽油煙機的聲響，又聞到四溢的飯香，便知曉她在準備晚餐。

——會不會鬧彆扭了？

然而，他也清楚，季長河自幼很少使小性子，頂多負氣時癟個嘴。不過他轉念又想，青春時期誰沒有煩惱，也許她在新學校待的不開心。他欲詢問她的狀況，繞過餐桌走到她身後。

「長河。」他低聲叫了她，一手支上她右方的流理臺。

季長河正在切菜，且心不在焉，被他的出現嚇得不輕。手一滑，刀鋒一偏，拇指一塊皮肉就被削了下來。小傷都是那樣，剛開始不覺得疼，一會兒血汨汨流出，傷口變得熱熱辣辣，痛得要憋住淚水，才不至於哭出聲，心裡委委屈屈。

他傻住一秒，迅即抽了紙巾按壓她的傷口，可是血仍不斷往外冒，整張紙都被染得猩紅，瞧著甚是可怖。

「妳別動，我去拿醫療箱。」

她點點頭，眼眶有點紅，雙眸亦泛著淚光，看上去可憐兮兮。

藍耘內心著急，動作更急，一個個紙箱和櫥櫃被他相繼翻開。他力氣大，當下沒控制好力道，屋裡乒乒乓乓，外面若有人路過聽見，約莫會以為屋內發生家暴事件。

幾分鐘過去，他終於找到醫療箱。季長河的指尖已從鑽心的疼，遞進為麻而無感。血液倒有止住的跡象，僅剩零星血珠於揭開紙巾時滲出。

「我幫妳包紮，手伸出來。」

他讓她坐好，自己也跟著蹲下，輕輕托住她的手掌，開始消毒、上藥、裹紗布。她愣是沒哭，但眼睛是濕潤的，清秀的眉時而輕蹙，受傷的左手更輕輕發顫。

「沒事了、沒事了。」他語無倫次地安撫她，心臟跟著她皺起的表情揪緊。

那一刀淺淺劃在她身上，卻狠狠割在他心裡，他多想代替她受傷，不捨得她這麼難受。

上完藥、包紮好，他對她說：「長河，妳好好休息，別弄晚餐了。」

她眨眨眼，「……都做一半了。」

「聽話，我來煮。」

季長河多年前曾看過藍耘下廚，可自從他們住在一起，製備三餐的事情，幾乎由她一手包辦，打掃和其他家務則由藍耘負責。

這個當下，她目不轉睛地盯著他翻動炒鍋，嫻熟地在適當時機拌入調料，她不明白他的廚藝如何在疏於練習的情形下生巧。

藍耘沒敢告訴她，他夜半如果餓了，偶爾會從冰箱拿食材製作宵夜。那時間她多半已經熟睡，毫無知覺。隔天，她若發現冰箱東西少了，總認為是睡一覺糊塗了，不曾深究。

半小時後，幾盤色香味俱全的菜餚上桌。

「來，吃飯。」

「嗯。」

他見她握著筷子，但遲遲沒有下箸。

「怎麼不吃？」他問她，唇角向上微彎。

季長河頻頻搖頭，又赧於陳述理由。——難得由他負責烹飪，她想多看看幾眼再嚐。

「還是手太疼了，需要我親手餵食？」

他湊上前，她登時往後一退，心跳得厲害。她原想嗔怪地瞅他一眼，卻在對上他含笑的俊容時，又匆匆別開目光，深怕被他瞧出任何端倪。她斂下的視線，碰巧落在他唇上，使她憶起早晨目睹的親暱片段。這一瞬，她不經意將自己和他帶入其中，耳尖立刻染上羞澀薄紅。

為了掩飾這份胡思亂想的心虛，她連忙夾了幾樣菜到他碗裡。「該、該……吃飯了。」說話時，還不小心咬到舌頭。

藍耘不明白她為何慌亂，只覺她一會輕輕蹙眉、一會若有所思的模樣煞是有趣。

「妳別顧著幫我夾，自己多吃點。」

那夜，他顧及她手指受傷，用完晚飯，連碗也不讓她幫忙洗，直催促她早點盥洗休息。

四

過了一個週末，連日雨勢暫歇。

氣溫更低，雲霧依然濃濁，城市沉寂壓抑。北風拂來殘響，卻是靜而不囂。

由於前後兩校授課進度不同，週一早自習下課，季長河攜著幾本習作簿至辦公室補交。沿途路過訓導處時，一聲粗礪的咆哮猛然傳出，震痛了她的鼓膜。

「溫南枝，妳的頭髮什麼時候染回來？還有，妳究竟要遲到早退幾堂課才甘心？警告次數都快累計成兩支小過了。」

在訓話的人是一名中年男性教官，他的表情猙獰，且橫眉豎目，看上去甚是駭人。

季長河心道：倘若被罵的換作她，光是教官震耳欲聾的嗓門，就足以令她生畏掉淚。想著，她忍不住瞄向挨罵的學生，一位身材纖瘦的女孩映入眼簾。她染了一頭粉色大波浪長捲髮、燙著空氣瀏海，瀏海下是一張瓜子小臉，美得過於張揚。她擁有雙眼皮、眼尾微微上挑，鼻型精巧，塗有口紅的唇瓣呈胭脂色。

她站在原地觀察後發現，——女孩完全無懼教官的怒吼，臉上甚至流露淺淺笑意，倒似嘲諷他激動的舉止。

✿

放學後，季長河再度前往超市購物，又一次殺入特賣會現場。這一回，她順利搶到兩顆白菜，然而她的喜悅並未持續太久，因為她結完帳、走出超市時，天空竟烏雲密布，飄降著綿綿細雨。

她沒有帶傘，但也不可能淋雨回家，手上的紙袋若被打濕容易破裂，東西將散落滿地。

當她陷入苦惱之際，有人從身後點了點她的肩。

「這位客人，您沒帶傘嗎？」

季長河轉過頭，對上一張似曾相識的臉，那臉盈著笑，媚中帶甜。她想起曾在訓導處見過對方，那位遭到訓斥的女孩。此刻，她的制服外套著黑色圍裙，胸口別有超市的員工識別牌。

「嗯。」她頷首，「請問你們能出借愛心傘嗎？」

「抱歉，我們超市不提供愛心傘，但我的傘可以借妳。」女孩親切一笑，「妳應該和我同校，明天到學校再還我就好。我讀二年乙班，叫做溫南枝，溫暖的溫，越鳥巢南枝的南枝。」

「謝謝妳，可是妳自己怎麼辦？」

「我可以跟同事共撐。」

「不好意思，這麼麻煩妳。」聽完溫南枝的解釋，她才不再於心不安，「我明天一定會還。」

「妳在這裡稍等我一下，我去休息室拿傘過來。」

✿

不到五分鐘，季長河順利接過溫南枝的摺傘，並揮手與之作別。溫南枝望著她走遠，心緒沉落下來，原先微勾的唇也抿成一線。她再清楚不過，自己僅是一時逞強，根本不會有同事為她撐傘，因為她和誰都不熟，更沒人待她友好。

在超市上班的職員，以中年女性居多，她算是特例，也因此相對惹眼。再者，她的扮相又不屬於乖乖牌，染著顏色特殊的長髮、不綁制服前襟的蝴蝶結、百褶裙改成不及膝的款式，還穿違反校規的黑色半筒襪。眾人對她議論紛紛，總認為她是不良少女，各個避而遠之。

溫南枝不在乎她們的態度，反正她打工的目的很單純，一是賺點零用錢，二是打發時間，是否招人喜歡這種事，對她而言毫無所謂。

之所以出借雨傘，也是臨時起意。她認得那個女生，知道她一早曾經過訓導處。畢竟，她挨罵的時候，腦袋澈底放空，完全沒聽教官講話。如果真要論她當下檢討了什麼，那或許是昨晚加熱牛奶過了頭，底部產生些許焦香味。她想著，差點噗哧笑出聲，怕被教官發現，抬了眼察看，卻感覺附近有道視線，她順著望去，在那短暫幾秒，記下了季長河的樣貌。

那位女孩面容清清秀秀，一雙圓亮的眼莫名顯得無辜，茶色及肩的直髮十分柔順，髮尾處稍稍向內彎起。她的身材嬌小，制服穿的整整齊齊，瞧上去相當拘謹內向，和她明顯南轅北轍的類型。

無論如何，目前她迫切需要解決的是雨傘問題，她打算聯絡唯一稱得上朋友的陸之辰。問他晚一點若雨依然下著，願不願意攜傘過來接她。

溫南枝試著撥打了幾通電話，但全都轉入語音信箱，捎去訊息也被未讀未回。她內心不禁感到失落，——早知道繼續補習就好了。中學時，陸之辰與她在補習班相識。國三以前，她還是個除了父母以外，人皆讚許的優秀學生，只是後來……

她甩甩頭，不願繼續回顧曾經，伸手將店門口的傘架整理好之後，快步回歸超市內的工作崗位。

五

晚間十點，溫南枝準備下班回家。

離開超市前，她看了看手機，未見陸之辰回覆。

隨著畫面逐漸熄滅，她的眼波亦跟著暗下……

戶外雨勢狂烈，天地迷濛一片，遠處閃下電光，悶雷作響。

溫南枝站在超市門口，下意識縮起身子，用雙手緊捂兩側的耳朵。

過了一會，她察覺有人佇足於她面前。由於低著頭，她最先瞧見的是筆挺的黑色西裝褲。那人的雙腿十分修長，估計身高必定不矮，她又再向上看，是整片結實的胸腹。當她終於看到他的容貌，愕然發現他是癸班的導師，闕家樊，他同時也兼任他們乙班的化學老師。

「怎麼這麼晚還不回家？」

闕家樊的聲音被雨聲稀釋，而她又遮著耳朵，自然沒有聽清。

溫南枝放下手，「什麼？」

「我在問妳，這麼晚還不回家？」他的聲線溫溫涼涼，似乎還摻著一絲笑意。

「打工。」她簡單扼要地回應，不懂他的表情為何似笑非笑。

「怕打雷？」

他說完，她便瞭然，他在取笑她。

「才不怕，只覺得雷聲很大很吵。」她講得心虛，態度上倒是理直氣壯。

聽著她的解釋，他恢復如常聲調，「我送妳回家。」

「欸？」她沒料到他會那麼說，半刻答不上來。

「女孩子晚上獨自在外很危險。」

「你用不著擔心。」她撇嘴，有點不領情。

闕家樊狹長的眼稍微眯起，「態度這麼生疏？」

「我們本來就沒熟過啊。」

「也對，妳好像專門都翹我的課。」

溫南枝被他的說辭給堵了，又想想自己確實沒傘，他願意送她一程也好。

「你送我回家吧。」

她態度轉變太快，他有些哭笑不得。

「怎麼忽然樂意了？」

「沒傘。」

「原來我被當成工具人。」

這回換她瞅他，「不樂意了？」

「照顧學生是教師的職責。」他聳肩，一副無所謂。

✿

他們沿路小吵小鬧，氣氛相當活絡，多數時候是他逗她，而她鼓起單側的頰。

溫南枝的住處距離超市不遠，只是遇雨且兩人又不停拌嘴，彷彿間接把路給踏長了，十分鐘後竟還未走到一半。

經過一處陰暗騎樓時，溫南枝問他：「你怎麼會在超市附近？」

「幫我妹到超商印完資料路過。」

「你有妹妹啊？」她忽然很同情他的妹妹，有這種哥哥生活肯定挺折磨。

「是啊，她是大學生，可嬌氣了。一看到下雨，就叫我這做哥哥的替她跑腿。」他的口吻有點無奈，也有點寵溺。

「噢。」她想改而同情他，卻又同情不起來。

「妳平時都在超市打工嗎？」

「主要是每週一三五晚間，六日不一定。」

「家裡讓妳打工？」他低頭凝睇走在他身旁的她。她停頓半晌，仰頭朝他嫣然一笑，「家裡沒人管我。」

闞家樊腳步一滯，欲問她怎麼回事，但見她眼眶泛紅，就決定暫時不再深究。

✿

夜雨淅瀝，順房檐流下，匯聚於路邊低窪。

溫南枝回到家門口時，一雙布鞋和小腿都被浸透，又濕又黏，不太舒服。

「都濕答答的了，真討厭。」

送她一程的闕家樊倒未多說什麼，像是完成任務，只望著她輕輕一笑，轉身就要離開。
那個當下，她見他要走，沒來由地想攔住，結果思慮清楚前，身體竟先動作，伸手捏住了他的襯衫一角。
「嗯？」
一個單音的問句，凸顯她的唐突。
「我……」
她慌張地鬆手，支支吾吾良久。他也不催，耐心等她說。
「……謝謝你送我回來。」
再簡單不過的感激，卻很難講出口。
「小事情。」
其實他見她一句話擠得艱難，實在有點想笑，但他知道，若真笑了，她大概又會不滿地噘嘴。
「明天見，晚安。」
「晚安，」他拍拍她的頭，「明天見的前提是：妳要乖乖到校上課。」
「應該會到……吧。」她給的答案模稜兩可。
溫南枝目送闕家樊離去的背影，偶然瞥見他一側肩膀被淋濕，而她上半身卻全是乾的，隨即明白他一直護著她，內心頓時漫過一股暖意。
不過，於她而言，他是個捉摸不透的人，時常噙著笑，但非真正在笑，言語輕佻隨意，眼神偶爾又莫名銳利，似明，亦似暗。
無論如何，——她，不懂他。

六

那天晚上，陸之辰讀到溫南枝的來電和訊息，已經超過十點。直到幾分鐘前，他仍在補習班上課，手機關了靜音放在書包裡，因此並非故意不接或者不回。

然而，當他回撥電話，想問她有沒有借到傘、好好回家，反倒換成她沒接了。他心裡不免有些擔心，卻也知曉她不愛別人管事，唯有把手機調成有聲，收進外套口袋裡。

回到家，陸之辰發現玄關有雙款式熟悉的高跟鞋。這間房子僅有他和哥哥陸佑壬兩人居住，因此他不用猜也知曉是誰來訪。這件事情在他心底起伏了波瀾，縱使他的表情如常清冷，眼底仍浮動幽光。

天氣很涼，但他想沖冰水，冷卻自己的心緒。

他走到浴室，隱隱聽見水聲，下一秒，嘎然而止。

「哥，你快點。」是催促，也是不耐，他們的感情一直很糟。

陸之辰話音剛落，門裡就有了水聲之外的動靜。伴隨喀噠輕響，門鎖被輕輕轉開，門縫內探出一小截瑩白纖細的手臂。

「之辰……」她軟糯的聲音裡，夾雜怯懦和不安。

他愣然，「余笙？」

「我把衣服忘在……佑壬那裡了。你能幫我拿嗎？」

聽罷，他垂放身體兩側的雙手驟然握緊，心裡也悶得難受。可是對她，他是真沒任何脾氣，只要她開口，他幾乎都會同意。

「好。」他應允，背過身，走向陸佑壬的臥室。

✿

陸之辰在陸佑壬房門前叩了兩下，裡面毫無回應，他也不開口問了，推門直接進去。

臥室裡一個人都沒有，場面卻一片狼籍。倒地的座椅、散落的衣服、皺起的床單，所有跡象都揭示著，房內不久前應該發生過什麼。他彎下身，翻動糾纏在一起的衣服，找出屬於她的，替她拿到浴室。

再度來到浴室門前，他輕聲喚她，「余笙，我把衣服裝塑膠籃裡放門口了，等我走了之後妳自己拿。」

「……謝謝你。」她沉默半晌，弱弱詢問：「你要去哪？」

陸之辰不知道自己該哭、還是該笑，難道她還要讓他在門口等她更衣？這是什麼酷刑？

由於遲遲未見他回應，余笙從門邊探出頭，一看究竟。

「妳——」他叫她別出來。

「原來你還在呀。」她眨眨眼，伸手去勾裝著衣服的籃子。

當她露出整隻光裸的手臂，他當即注意到上面佈滿青青紫紫的瘀傷，更有泛紅浮腫的條痕。他想也沒想就捉住她的手，著實把她嚇了一跳。

「怎、怎麼了嗎？」

「我哥又打妳？」

「……」

她的沉寂，無疑是默認。

他抓著她的力道不自覺收緊，導致她手臂上的瘀傷隱隱發疼。

「之辰，你別這樣抓，我好痛……」

聽到她脆弱的輕呼，他猛然回神，當即鬆了手。

「抱歉……」他實在無法繼續待著，只好說：「妳快些換衣服，不要著涼了。」

✿

不到幾分鐘，余笙換好衣服，離開浴室。經過客廳時，她發現陸之辰站在廚房，他身前的爐台放了一只鍋子，屋裡沒有食物的氣味，她猜不出他在煮什麼。

陸之辰察覺她在看他，「我在燒水。」

她點點頭，朝他走了過去。

「沒吃晚餐嗎？」

「還沒吃。」

今天放學路上塞車，當他趕到補習班，已沒時間吃飯。雖然他現在確實很餓，但他燒水不是為了煮東西給自己吃。

「想吃什麼？我來做。」余笙挽起衣袖，「你應該累壞了，去洗個澡吧，出來剛好可以吃。」
「不用麻煩。」他凝視鍋底出現的微小氣泡逐一浮起。
「那為什麼燒水？」她偏著頭，有些困惑，接著又說：「你現在還在成長期，該好好用餐補充能量。」
「我在沖熱可可給妳。」他清楚她的喜好。
少年的溫柔令她無措，張了張嘴，竟是什麼也道不出。
陸之辰轉頭，就見余笙雙眉微垂，兩手置於胸前，攥著袖口。
「怎麼了？」
「為什麼對我好？」即使答案昭然若揭，她還是忍不住問，似要確認有幾分真實。
此刻，鍋內的氣泡變得劇烈，水已沸騰。他熄了火，在一旁放有可可粉的馬克杯注入滾水。
他並未回答她的問題，只將馬克杯與勺子遞給她，又低聲叮囑：「慢慢喝，小心別燙到了。」
「謝謝……」
余笙一面道謝，一面悄悄瞥他。他的面色如常冷峻，一雙眸子色淺剔透，卻蘊含太多情緒。初見會以為他寡淡薄情，幾次相處後便會明白，他不過是善於藏匿真心。
猶如——
他對她有多溫柔，傷得就有多重，但他避而不談，寧可黯然承受。
「喝完我送妳回去。」
每每與體貼的他相處，她總矛盾地感到窩心與罪惡……

第二話，歲月知意

也許她早已淪陷，
只是無法承認……

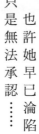

二

連日陰雨渙散了城市的輪廓。

今朝徒留潮濕空氣，一束束陽光穿透雲間窄仄的縫隙，投射於水波如鏡的地面。

早自習後的下課，陸之辰站在二年乙班前門，請第一排的同學替他找人。

不一會，溫南枝拖著步伐來到走廊。

「你直接進教室不就好了。」她將雙臂環在胸前。

陸之辰淡淡開口：「我不是你們班的學生。」

「沒人會介意這種小事。」他未再講話，遞給她一疊影印紙。

「這是什麼——」她伸手接過，邊問、邊翻閱，發現是課程筆記，「補習班的筆記？」

「嗯，給妳。」

「你不需要這麼做。」她心裡高興，但又覺得過意不去。

「那妳回來上課。」言下之意，她不上課，他會繼續。

「不要，」她捏著那疊筆記，低下頭，「一切已經對我沒意義了。」

「先不談這個。」他斂下眼眸，「妳昨晚後來怎麼回家？有借到傘嗎？」

「嗯，有認識的人送我回家。」

「誰？」

溫南枝自嘲地笑，「你為什麼想知道？」

「妳以前——」她曾被圖謀不軌的男生纏上，他擔心她再度捲進麻煩。

「那是以前。」她捻起幾縷長髮，粉紅色的髮絲從指縫間垂落。自從她染髮化妝、對同學不理不睬，又不時早退翹課，不少男生就自動避著她了。

「總之，別讓自己陷入危險。」

她正欲回「你在乎嗎？」，忽然有一抹小小人影從旁出現。

「抱歉，打擾你們交談……」季長河遞出雨傘，「昨晚多虧妳借傘給我，我才能夠順利回家。真的很感謝。」

透過季長河的話語，陸之辰才得知，溫南枝並非迷糊忘了帶傘，而是選擇幫助別人。那句——「一切已經對我沒意義了。」，看似是她對很多事情的無所謂，但她的本質其實從未改變，依然倔強、依然善良。

✿

中午，季長河又窩進圖書室，這是她在新學校最喜歡的時光。或是倚著書牆、或是找張座位，甚至席地而坐，細細閱讀一本又一本書籍。

一段時間後，有人低聲叫了她。

「長河？」

她慢慢把頭仰起，發現是顏帛俞。他手裡拿著一本書，指頭又夾著學生證，若非要借閱，應該就是來歸還書籍。

「妳中午經常跑得不見人影，原來躲到圖書室了。」

季長河點頭，將下半張臉藏於攤開的書後。

「吃過午餐了嗎？」

「沒吃。」

「不會餓？」

顏帛俞身為規律一日三餐的人，不吃東西簡直要他的命，因而對於她沒吃午餐感到不可置信。

「不餓。」

「妳這樣不行。」他晃了晃手裡的書，「詩穎也整天嚷著要減肥，東不吃、西不要。難道所有女生都這樣嗎？」

季長河還來不及告訴他，她沒有計劃要減肥，就被他從座椅上拉起，不由分說地往前拽。

「走，我帶妳去福利社。」

「等……」她難以適應他的雷厲風行，想請他稍微停下。

顏帛俞卻不給她機會，「不行，再等下去福利社的東西全要賣光了。」

✿

午間時段，福利社窄小的空間塞滿了大量人潮。

季長河被左右學生擠壓，澈底沒了想買食物吃的慾望。偏偏顏帛俞一副饒有興致的模樣，指這指那的，說三明治有多好吃、豬排便當很搶手已經賣完、奶茶要等下午那一鍋比較好喝。她暈頭轉向，一個勁地點頭，手裡還被他塞了一個炒麵麵包和一盒牛奶。在一團混亂的情況下，也不知怎麼就到櫃檯結了帳。

好不容易脫離那不輸超市特賣陣仗的地方，季長河已經累得兩腿發虛，顏帛俞倒仍好整以暇，望著她的表情像在揶揄：妳怎這麼不禁折磨啊？

「走，我們找個地方吃午餐。」他又開始自作主張。

她懨懨地問：「不回教室嗎？」

「那多沒意思。」

比起有沒有意思，她現在只想好好坐下休息。

顏帛俞左右顧盼一番，眼睛忽然一亮，「啊，有了！就那裡。」講完，他又拖著她一通狂奔，她簡直欲哭無淚，然而他力氣又很大，她根本掙不開。

他們抵達校舍後方空地，那裡相較操場沒什麼學生，僅有幾株梅樹含苞待放，環境顯得清幽靜僻。

「不錯吧？」他一臉得意，似在等她稱讚。

「還不錯……」

顏帛俞正準備下一輪自誇的時候，臉頰被人從後方用冰水瓶碰了碰。他錯愕地轉頭，發現拿著水瓶的人是陸之辰，而他另一隻手裡還有個三明治。

「是你啊，之辰。不要嚇人好不好！」

「路過。」

顏帛俞開口邀請他，「一起吃午餐嗎？長河也在。」

陸之辰沉默片刻，才悶聲回應：「……嗯。」

季長河曾目睹他與余笙親暱互動，因此聽到他答應一起用餐時，內心頓時一陣慌亂，不知該如何面對他。他們待在教室多半為上課時間，雙方無需有過多來往，但若一起用餐，不交談似乎會顯得奇怪。

不久之後，季長河發現自己的顧慮有點多餘。整個吃飯過程，顏帛俞幾乎都喋喋不休，她和陸之辰基本沒有說話機會。

二

下午三點至五點，二年丁班上體育課。

老師請體育股長負責帶操暖身、繞操場慢跑兩圈，再正式開始課程。

因應十二月中旬學校將舉辦的運動會，那日課程為各項比賽參與者的分配。以班級為單位的比賽有：兩人三腳、拔河、滾大球、大隊接力，其他以小組或者個人報名的項目舉凡：短跑、長跑、跨欄、跳高、跳遠等。

季長河對於體育稱不上擅長，站在原地望著部分同學討論得熱火朝天。

「長河，我們兩人三腳一組，好不好？」夏詩穎從身後拍了拍她。

她怔忡半晌才答應：「……好。」因為沒想過對方會找她組隊。

顏帛俞在附近聽到兩人對話，手裡甩著幾條腿部綁帶朝她們走去。

「你們這種身高差，同一組很容易摔倒吧？」

由於夏詩穎身高接近一米七，季長河則僅有一米五五，若以優勝為目的，兩人的確不合適同一組，但只考慮娛樂層面，倒是無傷大雅，雙方開心就好。
夏詩穎瞪他，「個子高礙著你了嗎？」
「我是好意關心，妳不聽就算了。」他把一條綁帶放入她掌心，「來，給妳。記得綁緊一點。」
季長河在旁聽完他的說辭，不免有點擔心。
「詩穎，我腿短，跨距也不大，可能真的會拖累妳。」
「沒事，我們慢慢練習，不用求快。」
顏帛俞瞇起眼、雙臂環胸，笑著擺出吃瓜群眾的樣子。

夏詩穎蹲下身，在自己和季長河的腳踝繫上綁帶。
「妳綁得太鬆了。」顏帛俞看不下去，也跟著蹲低，重新替她們打了平結。
「你別趁機亂摸我們的腿。」她故意罵他。
「呿，好心被當驢肝肺。」他彈了一下她的腳踝。
「你——」她的臉微微紅了，驚慌地站起轉身，卻忘了她一動，季長河也受影響。
「啊，詩——」
季長河還來不及制止她，兩人就狼狽地一前一後摔倒。
「妳們……」
顏帛俞見狀，連忙上前扶起季長河。
「長河，妳沒事吧？」
「膝蓋有點痛而已。」她瞥了眼膝蓋，稍微擦破皮和瘀傷，並不嚴重。
夏詩穎的腳踝其實扭到了，此刻隱隱作痛，可是顏帛俞丟著她不管，選擇先關心季長河，讓她倍覺委屈。

「詩穎，妳還好嗎？」季長河問她。

夏詩穎抿抿嘴唇，「嗯，還好……」只是內心酸澀的情感，比起疼痛更加難以忽視。

顏帛俞把她們之間的綁帶鬆開，接著對夏詩穎說：「我帶長河到保健室擦藥，妳先找個地方等我們一下。」

「我……」她想說自己也要去，卻莫名開不了口。

「扭傷了吧。」一道清冷的聲音闖入，陸之辰未知何時走近了三人，將手伸向還坐在地上的夏詩穎。

「站得起來嗎？」

「妳扭傷了？」顏帛俞這才後知後覺，「怎麼不說？」

夏詩穎很想掐他的臉頰、罵他蠢蛋，但礙於陸之辰和季長河都在，她當下也不好多講什麼。

三

那晚，季長河趁藍耘在浴室盥洗時，偷偷拿出醫藥箱為傷口換藥。

之所以避著他，主要不想讓他擔心。從小她只要受傷，他總會變得很焦慮。尤其她上週才剛割到手，這會兒被他知道膝蓋又破了皮，指不定不僅餐食不需由她準備，連路都不讓她自己走了。雖然如此推斷多少含有誇張的成分，但依他過度保護她的個性，他確實真有可能那麼做。

至今，季長河仍依稀記得，小學時，她曾遭同班高大的女生欺負，被推倒在一處碎石子小徑，手腳好幾處因而擦傷。當年藍耘是名高中生，得知此事後，他的反應比她父母還激烈，那幾天竟背她上下學，班主任以為她受了多嚴重的傷，聯絡了雙方家長至學校談話，高大的女生被雙親狠狠地教訓一頓，再也不敢找她麻煩。

「長河，妳在做什麼？」

「我……」

本該在沐浴的藍耘，忽然出現在她後方，著實把她嚇得一愣。她手裡拿的雙氧水直接淋到傷口上，令她疼得嘶地抽氣。

「受傷了？」藍耘看她將睡衣裙擺捲至大腿一半，露出了紅通通還有些瘀血的膝蓋。季長河發現他兩眉微蹙，心裡暗暗慌亂。

「對不起……」

「本來想瞞著我？」

她游離的眼神，和不安的小表情，盡收他眼底。

「嗯。」都到這節骨眼，她就算不承認，他大抵也不會相信。

「若不是沐浴乳用完，我碰巧出來拿，真會被妳矇混過去。」他捏捏她的鼻尖，「怎麼受傷的？」

「……今天體育課練習兩人三腳沒走好。」她長話短說。

「以後多注意點。」他輕歎口氣，望著那蹭破皮的傷口，胸口一陣難受。「我幫妳換藥。」

藍耘一邊幫她的傷口塗藥，一邊低下頭對著膝蓋吹氣。他的雙唇和鼻尖幾乎快貼上去，導致她整個人身體繃緊，卻又近乎失去力氣，是羞的，也是緊張的。他瞧她略略顫抖，以為不小心弄疼了她，下手更輕更緩，處理時間也因此拖得更長。待他重新覆上透氣紗布，她感覺整條腿從膝蓋開始發麻，已經不屬於自己。

換完藥，藍耘柔聲喚她：「長河。」

「怎麼了？」她正盯著他仔細包好的紗布瞧。

「這一週我會開車載妳上下課。」

「咦？」她抬頭，擺了擺手，「不用那麼麻煩。小傷而已，不影響走路。」

季長河左右晃著的手掌被他握住，「妳最近總是受傷。」他說著，目光落向她的左手拇指。

「不小心的……」對上他深不見底的雙眸，她講的毫無底氣。

他可無法接受她那麼多不小心，一次次皆令他心疼不已。況且，從三年前開始，他就在心底立誓，無論別人如何評斷他們的關係，他都將她視為世上唯一的親人，哪怕彼此並無血緣相繫。

「讓我載妳，好嗎？」他的尾音帶了一點懇求，讓她難以拒絕。

「這樣你要好早起床耶……」她不希望他太辛苦。

「沒關係。」他絲毫不介意。畢竟早起算不上什麼，她重要得多。

✿

隔日清晨，鬧鈴響起。

季長河從棉被中探出手，摸索置於床邊的鬧鐘，準備將之按熄。沒想到她才剛搭上鬧鐘開關，就有一只溫暖的手掌覆於她的手背。

「長河，妳可以再多睡一下。」

她「唔」一聲，迷迷糊糊地從床上坐起，發現藍耘已經穿戴整齊，站在床邊望著她。

「早安……」她有點不好意思地收回手、把棉被拉起，擔心頭髮睡亂的模樣被他瞧見。雖說從前至今，已不知被他看去幾次了。

「早安。」他隔著棉被輕拍她的頭，「妳可以再賴床十分鐘。」

然而，他不知道的是，在他出現於她視線那一刻，她就睡意盡失。

「我、我也該起床了。」由於悶在被裡，她的聲音有點含糊。

他沒聽清，彎下身子靠近，而她恰好掀開棉被，兩人瞬間距離極近。他好看的眉眼、高挺的鼻樑、色淺偏薄的唇，全在她眼前。她僵在那兒，動也不敢動，深怕激越的心跳被他察覺。

藍耘似乎不懂她的害羞，還直接坐到她身旁，撫了撫她的頭髮。

「都睡翹了。」他語氣漾著淺淺的笑。

季長河壓住自己的瀏海，「唔，你別看。」

他發現她困窘的表情，也不再鬧她，「好、好，我不看。」繼而起身告訴她：「早餐我有做妳喜歡的炒蛋。」

✿

用完早餐，藍耘載季長河前往學校。

他開車一向很平穩，頂多隨路面小幅顛簸。她坐上車沒多久，就因輕晃如搖籃的頻率，又有一點點犯睏。

即將抵達學校時，他回頭瞥見淺眠的她，那微微點著頭的模樣煞是可愛，讓他不禁猜想，她是否做了甜美的夢。不過學校附近車流擠得水泄不通，他無法讓她多睡一會，她得抓緊時間下車，他只能略感遺憾地把她叫醒。

「長河，學校到了。」

季長河聽到他的輕喚，眨眨惺忪雙眸，發出含混著鼻音的「嗯——」。隨後，她揉了把眼睛，看他慢慢將車子停靠於路邊。

「我準備下車囉。」

「上學愉快。」言訖，他不忘叮嚀：「放學記得聯絡我。」

「好。」

她感受到他的堅持，也明白他之前說要載她一週，定會原原本本地執行，一天也不少。

✿

季長河下車後才走幾步，就有人從斜後方點點她的肩膀，她回過頭，發現是溫南枝。

「早安，有人載妳上學呀？」

「嗯。」

溫南枝隨意問她：「載妳的是爸爸？還是媽媽？」

「呃……爸爸。」她一時不知該如何解釋，索性選了性別一致的稱謂將就。

孰料——

藍秐的車子尚未開走，還忽然搖下車窗。

「長河，妳把水壺忘在車上了。」

「啊，抱歉……」她急忙走到車窗邊去拿。
「又糊塗了。」他低笑，「那我走了，傍晚見。」
「掰掰。」
等到藍耘的休旅車駛離，觀望兩人互動的溫南枝輕笑：「長河，妳爸爸可真年輕。」季長河的雙頰頓時因羞窘而泛紅，溫南枝見狀唇角微揚，體貼地未再追問。
二年乙班和丁班教室位於同一條走廊，兩人因此一起步行至教學樓三樓。然而抵達三樓時，季長河卻看溫南枝又繼續往上爬了幾階樓梯。
「南枝，再上去是四樓了哦。」她出言提醒。
溫南枝回眸，「我知道。」又把食指豎在唇前，擺出「噓」的手勢示意她保密。
季長河瞭解她可能要去其他地方，點頭之後獨自朝丁班教室走。

四

朝日晴空，一淨如洗，天那樣藍，纖雲不染。
溫南枝爬上頂樓，推開老舊鐵門，走向平臺一側欄杆。她將兩隻手臂上展，舒舒服服地伸了一個懶腰。
那天早自習，乙班安排了化學單元測驗。她昨晚打完工回家，洗完澡就累得直接睡著了，根本沒有複習。她想著，與其坐在教室慘遭考卷折磨，不如前來頂樓稍微放鬆，後續若是挨罵，至少曾經擁有美好早晨，心裡不至於那麼難受。

溫南枝發了好一會呆，或許什麼都沒想，也可能想了很多很多。她打開書包翻了翻，打算把早餐的白吐司拿出來吃。就在此刻，身後的鐵門忽然被拉開，她本以為上樓的人是教官，已做好被訓斥和記警告的心理準備，結果——

「妳果然在這裡。」

她回身，「闕老師……」

闕家樊慢慢朝她走去，又於欄杆前方止步。

「妳的表情像在說：『什麼啊，原來是你。』，我有猜對嗎？」

被他戳破心思的溫南枝選擇沉默。

「妳不到教室考試沒關係，我很佛心地幫妳把考卷帶來了。」他晃了晃手中的試題紙。

她癟嘴，「你一定要對我趕盡殺絕嗎？」

「別講得這麼難聽。」他用紙面碰了碰她的額頭，「我是關心妳有沒有學會課程內容。」

「你少關心我一點，我會更感激你。」她無奈地接過那張紙，將它豎在眼前，上面全是密密麻麻的分子式。她不至於完全看不懂，但也沒興趣深入鑽研。

「妳放學前寫好，再拿到辦公室給我。」

「可以不要嗎？」她鼓起腮幫子，試圖藉由賣萌喚醒他的良心。

闕家樊微笑，「由我現在督導妳完成也可以。」

聞言，她很快把考卷對摺，塞進書包裡。

「我放學前會寫好給你。」

「不會記得來問我。」

須臾，溫南枝想了想，總覺得事情有點蹊蹺。

「闕老師，你是怎麼找到我的？」

「憑直覺。」

她眯眼，不太相信，「肯定不是吧。」

闕家樊笑了笑，伸出食指，比向欄杆對側略高的樓。

「妳看對面。」

「那邊有什麼嗎？」她細細打量那棟樓，瞧不出任何端倪。

「我的實驗室在那棟六樓，而校舍只有四層。」

她一下子就明白了過來，「你——」由於兩棟樓之間有高度差，他從實驗室很輕易就能盡覽校舍頂樓光景。

「妳平時翹課都會到這裡，不是嗎？」

溫南枝簡直說不出話。

——那些她平時自認沒人發現的小舉動，諸如發愣、打呵欠、仰頭看雲，也許他全部知曉。

「怎麼了？一臉呆樣。」

「你這個討厭的偷窺狂。」她不滿地別過頭。

闕家樊被她彆扭的反應逗樂，笑意更深。

「你別整天——」她還沒講完「一直笑」三個字，就不小心打了個很小的噴嚏，導致她尷尬的再也開不了口，白淨小臉還騰地發燙。

「冷嗎？」他見她長袖制服外，只罩著一件薄毛線衣。

這樣的季節，縱然晨光燦爛，溫度依然偏低。

她搓了搓小手呵氣，噘起嘴，「一點點。」

「來，用這個。」他從西裝口袋拿出一只暖暖包塞給她。

「你為什麼會隨身攜帶暖暖包？」

「以備不時之需。」

她把暖暖包輕輕撕開，很小聲地喃喃：「……謝謝。」

他望著她，又是笑而未語。

五

闕家樊從頂樓回到辦公室，發現鄰座的余笙面色蒼白。

「妳沒事吧？」

「嗯，我還好……」

她雖表示自己無恙，卻連講話都有氣無力。

「確定沒生病？」他詢問的同時，手掌已探向她的額頭，「天哪，好燙。」

「我是不是發燒了？」她眼神有點迷離，話語亦講的模模糊糊。

「應該是。今天的課我幫妳代吧。妳趕快請假去看醫生，或者回家休息。」

「可是……」

「妳這種狀態沒辦法好好教書。」

余笙又愣了愣，反應略顯傻氣。

「……好，我乖乖回家。」

「妳看看妳，正常說話都快做不到了。」

她開始收拾桌面和提包，「不好意思，讓你代課。」

「沒什麼。」他拍拍她的背，「話說回來，妳不是有男朋友嗎？要不要請他來接妳？」

聽到男朋友三個字，她雙肩微微一僵，手上的動作也頓了一下。

「他……公司很忙，麻煩他不太好。」

「管他公司忙不忙，情人本就該彼此照顧。」

余笙耷拉著腦袋，悄聲問他：「家欒，你女朋友生病的話，你會去接她下班嗎？」

闕家欒不懂她的問題點，「這不是理所當然的嗎？不過我現在還單身，愛心沒地方發揮。」

「這樣啊……」她垂下眼簾，心底泛起些許苦澀。

以前，余笙曾試著向陸佑壬撒嬌，但僅獲得決絕的冷漠；如今，她無論遇上任何問題，都再沒告訴他，因為她心裡明白，對方沒興趣知道，也不在乎她過得好不好。兩個人在一起，沒什麼道理、沒什麼意義，只是脆弱的依附。歲月流逝，彼此磨損，他日益乖張暴力，而她慣於逆來順受。

在漫長且疲憊的情感中，身心無處可躲，遍體鱗傷。後來，她慢慢學會了妥協，不去多想、不去多問，不再深究為什麼，接受所有的事實，過一天是一天，浮生若夢。把所有信仰清空，失去希望，也遠離絕望。

余笙離開辦公室，腳步虛浮地走向校門。

橫越操場時，她聽到許多歡聲笑語，不禁想起過往的青春時光。然而自從陸佑壬出現，她的世界再無色彩、徒留灰白。忽爾之間，她感到一陣耳鳴、太陽穴脹痛不已，太多畫面像走馬燈，於腦海中一閃而過。

「啊，小心！」

伴隨一道呼喊，劇烈的暈眩感襲來，她還弄不清狀況，便覺地轉天旋，最終眼前剩下無邊的黑……

✿

隱約之間，細碎聲響窸窸窣窣，彷彿有什麼東西在眼前裂開。

微弱的光線穿透進來，夾帶一絲暖意，覆蓋了她的身軀。

余笙緩緩睜開雙眸，察覺自己躺在一張柔軟的床上。她欲坐起，赫然發現有人輕輕勾著她的指尖，若有似無地觸碰。她正欲看清是誰，那人就開口：「醒了？」

過於熟悉的聲線，清冷而柔軟。

「之辰……」她喚他，喉嚨刺疼，嗓子也啞，還很乾澀。

「頭會痛嗎？」陸之辰輕撫她的後腦勺，「妳經過操場時，被我們班同學的排球砸到。護士阿姨說，妳剛好又發燒感冒才會昏倒。」

「現在幾點？護士阿姨呢？」她不確定自己昏睡了多久。

他抬起手腕，看向錶面，「快要中午，護士阿姨去買午餐了。」

「你不需要上課嗎？」

「這堂本來是妳的課。」

她瞭解他間接說明了他翹課。

「妳該看個醫生。」

「嗯……」她點頭，「我原本要去看醫生，結果還沒走出校門就被球砸了。」說著，她總覺有點不好意思。

「對不起，讓妳受傷了。」

「又不是你的錯。」

「我假單拿好了。等妳能夠起身，我陪妳到醫院就診。」

「不行，你乖乖回教室。」她不願耽誤他上課，「我可以自己去醫院。」

「我不放心妳，待在教室也不會專心。」

余笙拗不過他的堅持，「你……下次還是要考好，不然我會很內疚。」他的體溫一點一點滲入肌膚，她被他握著的指尖逐漸發燙。

「沒問題。」他雙唇揚起很淺的弧度，那是一抹不易察覺的笑。

✿

抵達醫院，陸之辰替她至櫃台掛號。等待看診期間，兩人在候診區找了座位坐下。

余笙似乎燒得更厲害了，整個人縮成一團，還不停顫抖。她的雙頰通紅，嘴唇卻毫無血色，呼吸也不順，只能張嘴換氣，導致喉嚨變得更乾，接連咳嗽了好幾聲。

陸之辰將制服外套蓋到她身上，並伸手攬住她的肩膀，防止她滑下座椅。他知道她身子難受，而他心裡亦跟著不好過，彷彿生病的人是他。

半小時後，余笙多半燒糊塗了，身體又冷，竟開始往陸之辰的懷裡鑽。他先是一怔，隨即任由她不安分。她像是獲得首肯，嘿嘿地輕笑，呼出的全是熱息，嘴裡還唸著：「這裡好暖和。」

他沒說話，靜靜讓她揪住衣服，她一顆小腦袋猶在他胸前亂蹭。

歷經一個多小時的折騰，余笙總算順利看完診，確認為感冒和過勞。他們拿了醫生開立的處方箋，至藥局領藥。

出了醫院，陸之辰立刻伸手攔下一輛計程車，並推著她一起坐進車裡，不讓她有自行離開的機會。乘車期間，她的頭輕輕靠著他的右肩，一隻手攥著藥袋，另一手則試探般地戳了戳他的手腕。

「怎麼了？」他低聲問她。

她咬著嘴唇，手指繼續動作，但沒回話。

陸之辰默默隨她戳弄，過了好一會，才反手扣住她的指頭，又問一次：「余笙，妳怎麼了？」

她的眼眶酸澀難忍，必須努力壓抑鼓脹的情緒，才不會掉下淚來。他的好，她全都明白，是她配不上，也不敢要。

他以為她很不舒服，柔下嗓子哄她：「等會到妳家，我煮粥給妳吃。妳好好吃飯、好好休息、好好睡覺，很快就會康復的。」

「嗯。」

她再也忍不住，淚水落在了他的手背上，溫熱的，一滴一滴。

也許她早已淪陷，只是無法承認……

她知道，似乎該離開深淵了。

第三話，在悲傷中靠近

遙遠的念想牽引著她，
追溯過往的點點滴滴。

一

開學過去兩週。

一日夜半，季長河做了噩夢。

夢中，有座傾頹的城，像個支離破碎的迷宮。白色的牆，層層環繞，陰影在壁面淡去又浮現。她穿梭其間，一些微塵扎進腳底，疼痛由清晰逐而麻木。

——那裡誰都沒有，只有她自己一個人，孤孤單單。

一陣風吹來，揚起細沙，她闔上眼。當氣流止息，她再次睜眸，周遭景物變成平面映像，隨後彷若摔在地上的鏡面——四分五裂，成為破片。

毫無徵兆，那些破片忽而朝她飛來，狠狠插進了她的胸膛。

季長河驀地驚醒，微張著嘴，淺淺喘氣。她用右手捂住起伏的胸口，那身體遭到利物貫穿的異樣感存在依舊。

輾轉難眠之際，她回憶起夢境，總覺那些牆面似曾相識。

——「妳是誰？怎麼會來這裡？」

遙遠的念想牽引著她，追溯昔日的點點滴滴。

✿

藍耘高中時期曾在她父母經營的工廠幫忙。

午後，他經常倚著工廠外圍白牆，低頭閱讀手中書冊。

季長河最初只是遠遠地看，好奇他在翻什麼。某回不小心走得近了，使他有所覺察，從書裡抬起頭望向她，沒什麼表情，但眉眼溫和。

當年她還小，比現在更怕生，被他的目光攫獲，無措地捏著裙擺，定在原處不敢動。

「妳是誰？怎麼會來這裡？」工廠理論上不該出現小孩子，他已是裡面最年輕的。

「我、我叫季長河，是爸爸帶我來的。」

她沒說，爸爸平時讓她在附近的空地玩，但久而久之，她實在無聊得慌，可也走不回家，只好隨意兜兜轉轉。

她反問他：「你呢？」

「我？」

「名字。」

「我叫藍耘。」

藍耘得知她的姓氏，又聽過廠長有個年幼的女兒，不難猜出她的身份。

「妳別靠工廠太近，很危險。」他低聲叮嚀。

季長河先是點頭應允，接著偏過頭問他：「你在讀什麼書？」

「《街燈》，一部推理小說。」

在她當時的認知裡，除了課本教的基礎知識，其他看過的書皆為故事書，還是有標記注音符號那種。

「好看嗎？」她已經忘了陌生，又往前踩了幾步，離他更近了些。

藍耘明白無論內容好看與否，對於尚且年幼的她仍嫌艱澀，不過他並不願出言敷衍。

「我唸一小段文字給妳聽，如何？」

「好哇。」她從小就愛聽故事，眼睛一下亮了起來。

「──『黑暗，沉痛地幾乎要撕裂人的胸口，卻又莫名甜美。一時半刻，我還想繼續沉浸於其中，同時屏著氣息，等待一秒之後即將亮起的光明。當晨霧散去，唯有那一盞不變的燈火，依舊映照著無數絢爛寂寞……』」

季長河似懂非懂，雙眸眨呀眨的，「這是故事？」

也許是她純真的模樣吸引了他，他情不自禁伸手摸了摸她的頭。

「這是通往終焉的線索。」

在那之後，她不時繞到工廠外圍找他，讓他告訴她，他當天讀了些什麼。

他從不嫌麻煩，總是耐下心唸給她聽，縱然通常只有瑣碎片段，她也非全然明白，卻感到十分滿足。

一次眼神的交換、一句溫柔的囑咐、一份真切的陪伴，是他與她相識的開端。

✿

思緒回歸。自從雨日停歇、樓板修繕完成，藍耘便回到上鋪休息，令季長河難言的失落。

反正睡不著，她乾脆起身，攀上床架的梯子，探出頭，偷瞧在上方的他。

睡眠時的藍耘，猶如一頭放鬆警惕的獸，上翹的劍眉亦收斂順服。她以目光仔細描摹他的輪廓——狹長的雙眸、高挺的鼻樑、略薄而閉起的雙唇、剛毅的下頷線條。

如果可以，她很想就這樣，一直毫無顧忌地看著他。

季長河顫顫巍巍地伸出手，朝棉被探了探，輕碰他露在棉被外的手背。他的肌膚並不細膩，甚至稍嫌粗糙，還有幾道淺淺瘡疤，可是她貪戀著屬於他的觸感。

藍耘一向睡的很淺，當她爬上梯子，他已在將醒邊緣，猶豫著是否出聲喚她。片刻之後，卻是她柔軟地貼近、指尖滑過。

「長河……」

他的嗓音融入夜的黑，變得幽深，吞沒了她。

「對不起，把你吵醒……我不是故意的，我、我……」

她感到相當窘迫，講話語無倫次，甚至忘了該將手抽回。

「沒關係。」他緩緩坐起，「妳睡不著嗎？」

「有一點點。」

季長河才說完，他就扣住她的掌根，將那隻手慢慢托起。

「做噩夢？」

「嗯。」

他將她拉向他，其實沒出太多氣力，但她一時沒掌握好重心，直接摔在他身上。她欲掙扎爬起，又被他按住。他以掌面輕拍她的背部，一下一下，似在安撫她，與從前相仿——

藍耘不知道自己的父母是誰。襁褓時的他，遭人扔在田埂，所幸被一名婆婆撿到，好心地帶回家並扶養長大。不過他剛成年不久，婆婆便因心臟疾病辭世。他來不及回報她的好，心中滿是悔恨。

他曾經很羨慕季長河，擁有父母的陪伴、和樂的家庭，也無需擔心溫飽。每當與天真可愛的她相處，他的心情總是相當複雜。

——那是割裂的感覺。她是光，他是影。

然而，季長河升上國三時，她家開設的工廠由於作業人員疏失，引發嚴重的爆炸事故，她的父母皆在意外中身亡。轉眼之間，她無依無靠，還成為親戚們的推諉。她多日夜不能寐，哭泣也從破碎嚶嚀，過度至後來的靜默無聲。

舉辦喪禮的日子，她佇足於會場外，聽著裡邊不時傳出的爭吵，直指她存在所造成的麻煩。那些聲音狠狠敲擊她的鼓膜，令她陣陣耳鳴頭疼。

藍耘見她緊抿下唇、眼眶蓄滿淚水，忍不住伸手抱住了她，把她緊緊壓入懷中，不讓她繼續聽種種刻薄的言語。

「沒事的，長河。我會陪著妳。」

她被他罩在偉岸身軀的陰影下，那骨節分明的掌順著她的背，又緩又柔，像在說——別怕，有我在。

他們在生命中丟失的美好，形成不規則的遺憾空缺，但因彼此的存在而得以填補。

曦微之前，她又由他擁著入眠，終於無夢。

✿

二

清晨，一室光影斑駁。

藍耘被百葉窗透入的晨光亮醒，他正要伸手將窗葉閉闔，就感覺胸前有毛茸茸的東西在動。他低頭察看，發現懷裡的女孩仍安穩沉睡。於是，他盡量減小關窗弄出的動靜，深怕驚擾了她。季長河枕在他一側臂彎，壓得他那手有點發麻，可他怎麼也不捨挪動。再者，當天是週日，他認為她多睡一會亦無妨。

他就著同一姿勢，撐了數小時，季長河終於顫了顫眼睫，悠悠醒轉。她似乎忘了自己和他躺在一塊，待察覺眼前是他清晰的鎖骨，抬眼又與之四目相望，思緒可謂百轉千迴，更甚亂成一團。

「醒了？」

他低柔的聲音落下，像是個陷阱，捕捉到她的驚慌。

「我……」她想起昨晚與他相擁而眠，不禁紅了臉，再次把頭埋下。

「等會要一起出門吃早午餐嗎？有作業也可以帶著寫。」

他把手臂從她身下抽出，稍微轉了轉。

「嗯。」

她注意到他的動作，明白自己壓著他許久，心裡十分愧疚。

他倒是不甚介意，「今天氣溫很涼，妳衣服記得多穿點。」

✿

三十分鐘後，接近十一點，藍耘和季長河兩人一起出門。

他們對附近仍算不上熟悉，不過他前幾日恰好發現，住家附近有間燈光良好、適合久坐的咖啡館，便攜著她朝那裡走去。

抵達咖啡館，藍耘推開鑲有彩繪玻璃的木門，門口繫著的銅鈴脆聲碰撞。甫入門裡，站在吧檯內的年輕男子抬眼，淡淡說了句：「歡迎光臨，空座位都可以坐。」，就繼續低頭沖泡咖啡。而男子正前方的吧檯座，有一抹鮮明的粉色身影——

「南枝？」季長河憑著背影認她。

那人確實是溫南枝，她回過頭，見到兩人，笑著打了招呼：「你們好。」講完，她又道：「長河跟爸爸來咖啡館嗎？」

「爸爸？」他垂眉看了眼身旁的她，見她一臉侷促，意會了過來，有點哭笑不得。

「不是嗎？」溫南枝的口吻有些戲謔，「妳上次告訴我，他是爸爸。」

季長河困窘地絞著手指，「他、他……」

「開玩笑的。」溫南枝也沒為難的意思，純粹覺得她反應有趣，「你們趕快去找座位吧。」

藍耘從吧檯底端拿了一本菜單，與季長河尋了一處角落雙人座。

她剛坐下，就聽到他問：「親愛的女兒，今天想點什麼？」

他嘴角噙著笑，配上微瞇的長眸，神情溫朗，讓她想躲避視線，卻又移不開眼。

三

溫南枝傍晚準備離開咖啡館時，見到季長河跟藍耘仍在座位，便向他們打過招呼才走。

待在咖啡館期間，她的眼角餘光偶爾會瞥向兩人，觀望他們恬靜的互動，心底難言地嚮往。與他們是否為家人無關，得以和某人彼此親近相伴，是她未曾擁有而迫切的渴盼。

一步步踏在光線昏落的坡道，她的情緒亦隨之沉寂傾斜。

——她要回去的地方，沒有人等待。

✿

溫南枝自幼生於冷漠疏離的家庭，雙親屬於商場上一夜情的關係。由於母親意外懷孕，男女兩方為躲避旁人的流言蜚語，只好結成一段欠缺實質情感的婚姻，因此父母對她皆未懷抱多餘的關心。

她曾經努力當個好學生，試圖換取父母的認同。中小學時期，她都維持著優異成績，在家也會幫忙各種家事。然而他們絲毫不在乎她的付出，每回與她對話，字裡行間皆透露著嫌棄。

在學校裡，溫南枝也過得不快樂，所有孤傲僅為表象，她承擔著巨大的失落。但凡師長讚揚她傑出的表現，背地裡咒罵她的同學就多了幾位。她明白那是嫉妒，但過於尖酸赤裸，本質與暴力無異。

國三上學期某次月考，她礙於感冒沒能照常發揮實力，落到了校排前十名之外，此一失常反倒獲得不少同學安慰。她瞭解那些同情有多麼虛假，他們僅僅是想看到她的失敗而已。

一度悵然、幾經迷惘、多次落寞，她陷入自我懷疑之中。

某天，溫南枝在升學補習班遇到幾位刻意找茬的女孩，她已經不太記得她們講了些什麼，可能關於容貌、關於課業、關於誰喜歡誰，青春圍繞的永遠是幾個相似的話題，但她連反抗的意願都提不起，被她們圍著隨意奚落。反正那些刁難聽多了、聽慣了，已是雲淡風輕，不會真正放在心上。

其中有名女孩不滿她一臉無所謂，動手扯住她的制服領口，她欲掙脫對方的箝制，卻一時沒把握好力道，將制服硬生生扯壞，幾顆扣子霎那啪嗒掉地。

那些人見狀，紛紛察覺情況似乎不妙，撒手就把她扔下不管。人群很快散去，她凝視自己敞開的衣襟，粉紫色的內衣若隱若現，只覺得無限哀涼。

——她能怎麼辦？現在她們放過她，以後呢？她還要繼續承受什麼？

溫南枝僵滯原地沒能動彈，一陣腳步聲陡然靠近，她下意識以單手扭起領口，目光又朝那足音眄去。——一位面無表情的少年緩緩走向她。她倉皇地想要迴避，不願被人瞧見狼狽的模樣，但她還反應不及，就見他脫下自己的外套，披到她身上，並將之攏起，又讓她捏住，再往後退開。

他的動作一氣呵成，幾乎毫無猶豫。

「你……」她感到相當困惑。

「抱歉，我過來的時候，妳的制服已經壞了。」他彎下身，拾起幾顆鈕扣，塞進她手裡。

「為什麼幫我？」

「沒為什麼，碰巧經過而已。」

他的聲線清冷無溫，又缺乏抑揚頓挫，若非將外套遞給她，她可能會暗自認定他是個淡漠的人，可在當下，偏是他木然的神色，令她的心臟莫名鼓動。

「外套……我之後會還你。」

「嗯。」

「你叫什麼名字？」

「陸之辰。」

聽到他的名字，溫南枝才發現自己知道他，不過遇到本人倒是第一次。陸之辰在補習班裡很出名，模擬考永遠的第一，且分數拉鋸和後幾名甚巨。在碰面之前，她以為他會戴著厚厚的粗框眼鏡，且身材瘦瘦弱弱，典型的書呆子印象標配，但實際上他——

她又偷偷瞄了他幾眼。

他是個過於好看的少年，眉目清秀，神情透著一股冷峻。他的身形尚未成熟，但不顯單薄，散發著乾淨清爽的氣息。

從那之後，兩人偶有交流，而多數時候，是她找他。

直到進入高中，她遭遇幾樁打擊，負氣不再管顧課業，澈底放任自我，立場才反了過來。

當她逐漸沉淪，他伸手去拉，她卻不敢握住他的手。

因為她深知彼此的差異，再者——

她太清楚，他僅是放不下，但一點也沒有喜歡她。

他們，只適合當朋友。

——有時候，別無選擇，就是一種選擇。即使低到塵埃裡，也不會開出花來。

✿

溫南枝回到家中，看見餐桌上多了一個紙袋。她湊近紙袋，打開細瞧，裡面放的是幾疊鈔票。她瞬間明白，她不在家的時候，父親或者母親曾來過，且放完錢旋即離開。

他們吝於與她接觸，而固定給她金錢、供她生活，已是莫大的施恩，她再清楚不過。

她抱著那個紙袋，眼眶泛紅發酸，可是終究忍住沒哭。

——他們根本不在乎她，她的淚水一文不值……

四

翌日，週一第六堂下課，乙班班長至丁班教室向陸之辰搭話。

「之辰，你有看到南枝嗎？」

陸之辰微微皺眉，「怎麼會問我？」

「你倆不是很熟嗎？我常常看到你們在走廊聊天。」

「……還可以。」

「她今天沒來學校，也未事先請假。教務處打電話聯絡家長，對方表示在外縣市出差，無法得知她的狀況，撥到家裡又轉進語音信箱。」他歎了口氣，「不過南枝本來就時常翹課，所以我們導師沒太擔心，只請我放學後去她家一趟，再知會她狀況即可。然而我跟她完全不熟，她平時在學校也不太理人，我唯一能想到的——」

「所以，你要我代替你去找她，是嗎？」比起拐彎抹角，他選擇直截了當。

「拜託了。」乙班班長尷尬地用指尖撓撓臉頰，隨後遞了幾張影印紙給他，「這是今天發下的化學補充講義，以及運動會流程須知，再麻煩你轉交給她。」

陸之辰悄然接過紙張，以沉默表示答應。

✿

溫南枝在家放空了一整天。

家中電話和她的手機都響了非常多次，但她並未理會。後來實在覺得煩了，先是拔掉電話線，繼而把手機關機。

午後，她窩在沙發上，懷裡抱著一顆小枕頭，回想就讀高中以來的所有荒唐。——最初只是上課遲到，因為晚上睡不好，接著她對很多事情再無期待，更無意去學校。她開始藉由打工作為逃避的理由，說服自己那是所謂的自由。

——叮咚。

門鈴無預警地響起，可她不想移動身子。應該一下就會停了吧。她臆度。畢竟人的耐心總是有限，再加上是對她，多數人通常會選擇放棄。

孰料，門鈴一聲響過一聲，按法還有變化，從時而輕壓、時而停頓，遞進為相形粗暴的快疾，最末又逐漸緩了下來。她剛鬆口氣，門板竟開始哐噹震動。她有點怕了，弄不清究竟怎麼回事。她原本猜是導師或同學，頂多把東西塞在她家門口，幾分鐘也該走了。然而現在——

她擔心門鈴被按壞，或者遭到破門而入，只得惴惴不安地起身，步向玄關。

來到門口，溫南枝踮起腳，把右眼湊向貓眼，瞥見站在門外的是陸之辰，而他身後還有個人，因視野範圍有限，她無法完整看到對方是誰，僅知曉身高應該很高。

她解開門鎖，轉動門把，將門向內拉開一條窄縫，偏著頭探了探。

「之──」

她連陸之辰的名字都還沒唸完，一隻手便從那門縫卡了進來，她驚詫地瞬間鬆手，門板頓時就被完全推開。

「午安。」

闕家樊一手抵在門板上，另一手拎著一只紙盒，臉上笑容有點得逞的痞樣。

「……闕老師？」

她知道門外有兩個人，但完全沒料到另一位是他。

「我不能來嗎？」他說著，不顧禮貌地直接闖入玄關。

陸之辰也跟著走進，並以沒有起伏的聲線詢問：「南枝，妳今天沒到學校，還好嗎？」

溫南枝早在他們先後進屋時傻住，結結巴巴地講不出話。

闕家樊笑道：「看來是真的病了，愣頭愣腦。」

「等等，」她好不容易回過神，匆忙攔住一副要脫鞋入內的兩人，「你、你們要做什麼？」

「探望妳。」他講得理直氣壯，又指向一旁的陸之辰，「他也是。」

她這才想到，自己今天沒出門，身上還穿著嫩粉色的草莓圖案睡衣，頭髮也沒好好整理，很隨意地紮成兩束低馬尾。她不禁感到一陣窘迫，盤算著快些打發他們離開。

沒想到她還沒發呆幾秒，闕家樊已經自動自發地踏進屋裡。

「你——」

他晃了晃手裡的紙盒，「我買了草莓蛋糕。」

陸之辰則從書包取出資料夾，「我帶了上課講義和通知單。」

✿

過了好半天，溫南枝仍處於狀況外，家裡的畫面亦很是詭異。——他們三人圍坐於餐桌旁，明明沒人生日，中間卻擺著一個六寸的草莓蛋糕，蛋糕上還插了五根粉色蠟燭……

闕家樊問她：「妳們家有小盤子跟刀叉嗎？」

「有。」

她懂得他的意思，至廚房各拿了三份。

他等她回到餐桌又言：「好，可以熄燈、點蠟燭、唱生日歌了。」

「慢著，今天誰生日？」她不明所以。

「我。」闕家樊指著自己。

「你生日跑到我家慶祝？」剛才說來探望她的是誰？

「不行嗎？」他的指頭輕輕在桌面點動，發出細碎的咚咚聲響。

溫南枝跟不上闕家樊的思路，轉而望向陸之辰，想看他的反應。然而陸之辰無視微妙的狀況，已一派自然地在解物理習題。

「算了，你高興就好。」她輕歎了氣，「之辰，我們幫闕老師唱生日歌，順道切蛋糕吧。」箇中意涵實為：快點滿足他的需求，我才能趕他走。

陸之辰闔上習作簿，頷首應允。

實際熄燈、點好蠟燭，開始拍手歌唱之後，整個空間迴盪的唯獨溫南枝的歌聲。待生日歌唱畢，她已尷尬的滿面潮紅。

在闕家樊閉眼許願以前，她不滿地皺眉努嘴，瞪向將她耍得團團轉的罪魁禍首，但他僅在吹熄蠟燭時牽起唇角，朝她淺淺一笑。

「幹嘛這樣看我？唱得很不錯啊，沒有走音。」

吃完蛋糕之後，溫南枝尋思他們也該回去，孰料表示要離開的只有陸之辰，闕家樊還賴在餐桌不動。他的沒臉沒皮讓她大開眼界，簡直無言以對。

「你還不走嗎？」她決定直接趕人。

「我有事情找妳。」

「那你為什麼拖到現在都沒說。」

「有外人在啊。」

「……」她溜了一圈眼珠，只差沒翻他白眼。

被稱作外人的陸之辰早就背好書包走向玄關，但他其實有點不太放心，於是又往屋內多看了幾眼。溫南枝顧著和闕家樊鬥嘴，甚至沒發現他穿好球鞋準備離去。是他開門的聲音引起她的注意，她才急急忙忙跑到門口送他。

「之辰，你怎麼一聲不吭就走？」

「打擾妳太久不好。」他回饋某人的意有所指。

「我明天會乖乖去學校……」她有些歉然地低頭，「抱歉，還讓你跑一趟送東西給我。」

「沒關係，小事情罷了。明天見。」他踏出她家，回眸，見她還趴在門邊，又折返回去，沉聲道：「外面風很大，妳沒穿外套，趕快關門。」

✿

溫南枝走回餐桌，察覺闕家樊一改平時的戲謔，表情嚴肅認真。

「你怎麼了嗎？」

他沒答覆她的疑問，反而不著頭緒地講了句：「幸好妳沒事。」他與她的交談總是不對頻，她只好也隨意接話：「祝你生日快樂。」

「我不是今天生日。」

「什麼？」她當下有掐他的衝動。——那她被迫唱生日歌，究竟是為了什麼？圖他樂呵嗎？

「妳現在一定很想勒住我的脖子，對吧？」他看出她忿忿不平的小眼神。

她睨著他，「知道就好。」

「那個蛋糕是買給妳的。」他垂下視線，又用叉子戳弄著空盤。

當天下午，闕家樊至乙班教授化學時，未見溫南枝在座位。起初，他以為她和平時一樣，只是翹課，後來回到辦公室，無意間聽聞乙班導師與教務主任談話，才得知她既沒請假、也沒到校，而且家長更對她不聞不問。

說不清是同情抑或憐憫，他憶起那日雨夜為她撐傘的時光。

當他隨口問起她的家人，她流露出泫然欲泣的神色。

他實在擔心她的安危，一下班立刻趕來她的住處。途中，他恰巧經過一間甜點店，因猜想女孩大多喜歡甜甜的點心，便憑直覺挑了一個草莓蛋糕，作為登門拜訪的伴手禮。

在她家樓下遇到陸之辰，倒是令他有點意外。不過兩人交換了眼神之後，就沉默地共乘電梯上樓。

「為什麼要買給我？」她生日在夏季，早已過了。

闕家樊的目光越過盤面，望向那餘下四分之一的蛋糕。

「我認為妳會喜歡草莓。」

當他這麼說，溫南枝心裡其實很暖，因為有人願意揣測她的喜好。她原本想與硬留下來的他賭氣，這下子那些計畫要罵他的話語，還真一點都講不出口了。

「你可以直接給我呀。何必假裝自己生日，讓我莫名其妙唱了生日歌。」關於這部分她仍有點不滿。

「身為教師，我不能顯得偏心。」即使他確實偏心，還偏得過分。

她一下子明白過來，「之辰根本不會在意這種小事。」她確信，陸之辰有沒有蛋糕、有沒有她，應該都無所謂。

溫南枝說完話，兩人之間頓時陷入沉默。她太習慣由闕家樊展開話題，他突然一言不發，令她感到陌生，甚至些許膽怯。雖說他向來是個神祕莫測的人，可是——

就在此刻，她的肚子忽然咕嚕咕嚕地叫了。

「唔……」

她赧然地捂住腹部，卻仍藏不了聲音，她尷尬地抬眼瞥他，只見他瞬間失笑，恢復一貫不羈的模樣。

「不是才吃過蛋糕嗎？這麼餓？」

「……很正常吧。」她捻起一束長髮，勾在指頭捲動，「快七點了，我還沒吃晚餐。」那一對圓圓眼珠兒到處亂轉，就是不敢看向他。

「妳晚餐想吃什麼？」

「我自己會煮。」

他意味深長地「哦——」了一個長音。

「你不信？」她兩條纖細的手臂環在胸前。

「妳說呢。」

闕家樊估摸自己大概是病了，瞧她氣呼呼地鼓起兩頰，竟覺可愛得緊，想再多逗逗她。

她使出命令句，「你，留著，不許走。晚餐吃我煮的。」似乎完全忘了他是教師。

「妳一副恨得牙癢癢，不會給我下毒吧？」他忍不住腹誹：分分鐘前拚命趕他走的是誰？

「你是擅長化學的人，自己分辨有沒有毒唄。」

語畢，她拐進廚房，穿起圍裙，一臉胸有成竹。

✿

一個多小時後，經歷幾番尖叫、鍋面起火、燒焦味，一盤呈現茶色且顆粒不勻的餐點，端到了闕家樊面前。

這東西有毒吧！他內心在哀嚎，表面倒還鎮定。

「這是什麼？」

溫南枝揮了揮鍋鏟，「蛋炒飯啊，看不出來嗎？」

「……」他還真看不出來。

其實她很少煮飯，唯一熟悉的料理叫做泡麵，多數時候基本都是外食。

剛才逞一時之快，想展現點手藝給他瞧，下場卻十分淒慘，並沒有奇蹟發生。

闕家樊瞧她面上一陣青白，便知曉她心裡發虛，他想著不讓她太難過，硬著頭皮舉起湯匙，舀了一勺飯。不過還沒塞進嘴裡，她就阻止了他，「你還是別吃了。」

他放下湯匙，「真有下毒？」

「挺毒的。」她自己都不太敢吃。

「我帶妳去吃飯吧。」他從座椅起身。

「不用了，我留在家隨便吃點東西就好。」

「比如？」他的眼神忽而犀利。

「……泡麵。」

「太不營養了，跟我出門吃飯。」

闕家樊的語氣與其說是徵求同意，倒不如該歸類為一意孤行。

「一定要嗎？」她猶如一尾擱淺於邊岸的魚，仍在做最後的徒勞掙扎。

他也只有這種時候會擺出老師的架子，「妳今天沒來上化學課，我們是不是該罰寫點什麼？」

溫南枝一秒認慫，「能跟闕老師一起吃晚餐真開心。」

五

陸之辰傍晚在溫南枝家稍微耽擱，搭公車離開時又遇上車潮尖峰，因此錯過了補習班的課前小考，需在課後進行補測。

當日他返家已接近十一點，屋裡的燈全都暗下，一室闃寂無聲。

不過，他知道陸佑壬通常不會那麼早睡，因為他擔任跨國貿易公司的中階主管，需經常與海外客戶進行聯繫，而各國之間的時差導致他作息不定。除此之外，門口猶擺有余笙的短靴，理論上屋子不該毫無動靜，除非——

他腦海閃過了幾個不好的預感，匆忙蹬掉布鞋，把書包隨意一擱，徑直往陸佑壬的房間走。

陸之辰站在房門前，拍了拍門板，「哥、余笙，你們在嗎？」詢問多次，房內皆無回應。他開啟門扉走入，將燈打亮，未見半個人影。環視四周一圈，整間臥室滿目瘡痍，床上的棉被一角還破了洞，地上盡是飛散的純白羽絨。

顧盼之間，他隱約聽到背後衣櫃傳出沙沙細響，緊接著是幾聲破碎的嗚咽。

經過半刻的錯愕，他急忙轉身打開櫃門，余笙爬滿淚痕的面龐剎那映入瞳孔。

她的腿腳遭到麻繩綑綁，被迫蜷起嬌小的身軀，縮在成排的西裝下方，一雙纖細臂肘亦被反剪固定，嘴裡還塞了一條手帕。那條手帕上，沾滿了分不清是她唾液，抑或淚水的晶瑩液體。

他心疼地將她抱離衣櫃、放至床上，又為她鬆綁並取出口中黏糊糊的手帕。他察覺她的眼神空洞異常，似乎尚未意識到自己已被救出，渾身發軟地癱倒在被褥中，宛若一只精緻而沒有生命的瓷偶。

✿

余笙的生活環境一直都很單純，擁有平凡的家庭，與恬淡的日常。她的每一天，就像上學要穿制服一樣，不需要多加思考，順應著所有的自然而然。

進入大學就讀的第一年，她面對陌生環境什麼都不懂。因此無論是系上課程、社團活動、課後交誼，通常有人邀約，她便不好意思推辭，乖乖參與。不過她行事向來低調，一、兩個月過去，一切如常。

然而，在新生舞會上，她迎來了人生的轉捩——

余笙相貌端莊、氣質敦雅，舞會前經由同系朋友精心梳妝，更顯靚麗迷人。她一襲淺紫色蛋糕洋裝，配上緞帶款式的娃娃鞋，縱使不在舞池中央，僅藏身牆邊，仍不乏有男性向她搭話、邀她共舞。不擅長舞蹈是一回事，她亦有些排斥和異性肢體接觸，偏偏當中有人動手動腳，試圖強硬地逼迫她答應。

「請別這樣……」她婉拒的聲音很小，儘量不驚擾其他參加舞會的人。

幾名圍著她的外系男生卻不知收斂，誤會她是害羞或者欲拒還迎，態度愈發猖狂。

「過來嘛。」

某人抓住了她的手腕，拖著她踉蹌地向前好幾步。

余笙心裡很怕，又甩不開對方，不知如何是好時，一道身影擋在他們前方。

「同學，她是我學妹，可以請你放開她嗎？」

講話的是一名身材挺拔的高大男生，模樣英俊，且透著凌厲。他一雙如鷹的眼，猶似獵者，無波且深不見底。

氣勢上，捉著余笙的人隨即敗了下來，只得悻悻地鬆手。

那人以眼神示意她跟他走，她欲快些脫離現場，順從地跟在他身後至會場後台。

後台空間不大，燈光也暗，但靜僻無人，適合談話。

余笙才想開口致謝，眼前的男生卻先一步開口。

「妳叫什麼名字？」

他掃了她一眼，極淡地勾了下唇。

「余笙，笙簫的笙。」她講完，也問他：「你呢？」

「陸佑壬。」他沒像她一樣，告知他的名字該怎麼寫。

話題告終，一股微妙的氛圍蔓延，她走也不是，不走也不是。

「妳要當我女朋友嗎？」

「咦？」她估計是自己的耳朵不大對勁。

「我就問問，妳慢慢琢磨。」

相較於她的茫然無措，他平靜若無事發生。說罷，他便拐出後台，留下高峻的背影給她。

隔週，余笙輾轉得知陸佑壬是工學院知名的學長，成日板著臉，鮮少與人交流，也從未出席活動，當天他出現在舞會已屬石破天荒，甚至出面替她解圍更引發眾議。

午餐時間，一位朋友忍不住問她：「余笙，妳坦白從寬啊，你倆什麼關係？」

「我不認識他。」這句話她最近不知講多少次了，「關於他是誰，還全都是妳們替我科普的。」她用叉子戳了戳盤裡的煎蛋。

「陸佑壬就是所謂高冷吧？」她的另一名朋友說：「而且他可真帥，幫完妳就走。」

她實在不敢告訴朋友，對方並非幫完就走。

畢竟截至目前為止，她依然不明白，那位據說對凡事漠不關心的人，怎會無緣無故要她當他女朋友。

——是想找點樂子嗎？她暗忖。奈何思來想去，仍沒有答案。

✿

兩個月過去，就在余笙都快忘掉陸佑壬時，他們竟偶然在公車上相遇。

那日早晨，余笙匆匆出門，不記得悠遊卡餘額已成了負值。準備付款下車時，她才愕然驚覺。

公車司機見狀，詢問她：「妳有沒有零錢？」

「抱歉，我、我找一下。」

她急忙取下後背包，從中摸索皮夾，好不容易取得，打開後卻發現裡面只有兩枚一元銅板。

「找到了就快點付錢，很多人在排隊。」司機不耐煩地催促。

「我……」

正當她陷入困境，忽有一隻手自她身後伸出，連續刷了兩次卡，「司機，我付兩個人的錢。」她還來不及回看對方是誰，那人便推著她向前，「別發愣了，先下去。」

下車後，余笙總算明白那嗓音為何莫名耳熟，因為陸佑壬又一次出手相助。

「謝謝你，學長。」

陸佑壬木著臉，未置一詞，致使她再度陷入窘境。

好一會，他才說：「前陣子的事情想好了嗎？」

「什麼——」她尚未道出「事情」二字，隨即憶起他曾提出交往一事。

由於他有段時間無消無息，她早把他的話當成玩笑，絲毫沒有放在心上。

他言簡意賅，「女朋友。」

「這個……」

余笙垂下眼簾，思量著他幫助了她兩回，出現時機都挺好。再者，他在學校各方面表現也很出色，除卻雙方不熟悉以外，她的確找不出必須回絕的理由。她從未與任何人交往，情感層面經驗為零，確實對於愛情懷抱憧憬……

「也許，我們可以試著交往看看。」她聲音很小、目光游移，縮起的肩膀襯得她羞怯拘謹。

陸佑壬沉默半晌，不著邊際道了句：「手機拿出來。」

她雖不明所以，仍按他說的掏出手機。

「在這裡。」

他接過她的手機，將自己加進她幾個通訊軟體的聯絡人裡。

「等我訊息。」

那時的她並不知曉，在這段關係裡，不存在浪漫與溫馨。

日後等待她的，唯有他強烈的佔有慾，以及無情的殘忍和暴力。

✿

時間緩慢流逝，不到十五分鐘，在她的潛意識裡，卻似過了很久。

余笙微微張闔雙唇，像是終於醒了過來，虛弱地叫喚守在她身側的男孩。

「之辰……」

陸之辰輕輕拂開她的瀏海，「我去倒杯溫開水給妳，妳再多躺一下無妨。」

「不要，」她以指尖攥住他的襯衫下襬，「之辰，你不要走。不要、離開我。」她必須藉由他的體溫、他的聲息、他的觸碰，才得以確信他存在，且陪伴著她。

他愛憐地觸摸她紅腫乾澀的眼皮，「別怕，已經沒事了。」他對於沒能在第一時間保護她，內心滿是內疚自責。

她以兩隻手抓握他的手掌，貼往自己冰涼濕潤的頰邊。

「……你好溫暖。」

聞言，他只想把所有溫暖給她，索性將她撈進懷裡。

「其實——」她仰起臉蛋，「我今天來和佑壬談分手。」講著，她抬了抬酸麻的前臂，怯怯地環過他腰際，猶如無聲的撒嬌。

「嗯。」

「結果他不同意，一氣之下就把我……，還說早上才會回來，要我重新考慮。」

余笙把頭靠向他腹部，柔韌的觸感令她的不安趨緩。

他把她緊緊摟住，「抱歉。」他閉眼，皺眉，不敢去想，如果他沒找到她，後果將會如何。

「別道歉……」

他的力道有點大，讓她稍感不適，但她並未掙扎，任由他抱著。

——是她的軟弱，一次次傷害他；是他的溫柔，一次次包容她。她再也捨不得推拒他，哪怕他還是個少年、他們對外的關係是師生。這一回換她——

「之辰。」也許是拖延，也許是醞釀，她需要積攢勇氣，因而輕聲喚他。

陸之辰低頭看她，「嗯？」

「我、我……」話到了嘴邊，卻說不出口。

「不用著急，慢慢說。」

「我……喜歡你。」

他怔忡須臾，感覺胸口有熱流漫過，心臟的鼓動亦變得清晰。

她瞧他沒什麼反應，還一語不發，以為自己磨光了他的耐心，他已不再喜歡她。她登時小鼻子一酸，眼眶又濕了。

「余笙？」

他發現她的肩頭微微顫動，捧起她的臉龐檢視，只見她雙眸流轉著憂傷，眼角凝有尚未滴落的淚水。

「你討厭我了嗎？」她字裡行間溢出哭腔。

「怎麼可能。」他逆著光，五官輪廓更顯柔和。

「可是……」——你為何沒回話？她想問，又覺得自己很糟糕。他以前對她講過多少次喜歡，全都被她淺淺帶過。如今縱使他不答覆，也是她自作自受，有什麼資格央求。

「傻瓜，不要胡思亂想。」他摩挲她泛紅的眼瞼，「我喜歡妳。」

——喜歡，好久好久了。

✿

六年前，陸之辰初次見到余笙。

那天下午，陸佑壬帶著她到他們家。他還記得，她身穿一件碎花洋裝，外面罩著嫩粉色針織外套，臉上掛著甜而靦腆的笑容，兩隻手無措地交扣於身前，似乎有一點點侷促不安。

「你好，我是你哥哥的大學學妹。」她說話的聲音很柔，像春和三月溫煦的薰風。

由於父母長年在國外工作，家裡一向只有他們兄弟居住。陸佑壬基本不太管事，陸之辰從小就相當淡漠，對於陌生的她忽然出現，他並無任何特別的好惡，僅說：「妳好。」就再沒下文。

直到晚間，陸佑壬表示要帶余笙出門用餐，她問他：「你弟弟呢？」他聳肩，道了句：「不用理他。」隨即拉著她出門。

陸之辰見她一臉錯愕，只覺得好笑——她難道不清楚他哥哥的性格？

兩人離開之後，過了幾分鐘，門鈴響起。陸之辰前去應門，出現在門外的人是余笙。

「忘記拿東西了嗎？」他見門外只有她一個人，且左頰還有點紅腫。

余笙搖搖頭，眼底漾著擔憂，「我不放心你。」

他一個十二歲的小學生，獨自被丟在家，也不知道有沒有晚餐可吃。她搭電梯時，越想越難受，向陸佑壬提出回樓上帶他一起，結果挨了他一頓罵，可是她良心怎也過不去，因而執意折返。他一怒之下，搧了她一耳光，轉身就走。

陸之辰不解她為何不放心，「所以？」

「來找你吃晚餐。」

他指了指客廳的電話，「我叫外賣就好了。」

她聽著覺得不妥，「我、我煮給你吃。」講完又有點沒底氣，「不過，不一定很美味。」

「不用那麼麻煩，而且家裡冰箱是空的。」

「空的？」她訝然，「你平常都吃外食？」

「嗯。」

余笙感到些許心疼，「我們一起去超市買菜吧。回來我做飯給你吃。」

一般情況下，他通常會選擇拒絕，因不喜無故收受別人的好。然而——

「好……」

陸之辰決定將自己的答覆歸咎為——她的眼神太過誠懇，他怕斷然回絕會弄哭她。

「那我們現在出發。」她朝他伸出手。

他愣住，瞄了眼她的表情，一副很期待的樣子。他即使有點不情願，仍默默把手搭上，隨她高興牽住。

她的手和他差不多大，卻很柔軟，像是好摸的綢緞，並且很暖很暖。

✿

意念回歸，陸之辰輕輕托起余笙的身子，讓她與自己平視。

「余笙，妳願意和我在一起嗎？」

余笙略略垂著頭，瀏海堪堪遮住雙眸，「不是……已經在一起了嗎？」——她好歹主動依偎著他，他怎麼就不懂呢？

他偏過臉，湊近她一側白嫩的耳垂，「多久了？」

那呼出的氣息相當炙熱，令她陡然激靈，險些癱倒在他身上。她似乎又落入深淵，但不同以往的是，底部非常柔軟，彷彿深怕她摔傷。

「你自己想。」她有點賭氣、有點小彆扭。

他未再說話，淺嚙她耳朵的軟肉。

「你——」她挪動上半身，捂起耳朵，不讓他碰。

「會疼？」

她其實不會痛，因他下嘴很輕，只是缺乏勇氣承認，她居然被小了八歲的男孩如此撩撥。她哼哼兩聲，小臉蹭在他頸窩，些許不甘心的同時，也為掩飾泛紅的雙頰。

陸之辰順了順她蝴蝶骨上披散的柔髮，像在安撫某種脆弱的小動物。

「我等會送妳回家。」

她固然有意稍加溫存，但面對現實的顧忌，便明白這份情感該有分寸。

「之辰，對不起，讓你等了那麼久。」她對他存有愧疚。

他拍撫她的背，「沒關係。」

——等她，無論多久，他都願意。

第四話，青春角落

像是鏡頭，靠得越近，
反而模糊，需要一點距離。

二

那日晨光劃破薄霧，鬧鐘還未作響，季長河就已醒了過來。

她捲著棉被來回翻了翻，稍微支起上半身時，斜斜瞧見藍耘在陽台上的側影。

這些天溫度很低，他的穿著仍然單薄，上衣是件淺灰長袖針織衫，下身則為卡其色的休閒褲。

縱然相隔一道紗門，空氣中依舊飄散著淡煙。

藍耘的右手食指和中指夾著菸柄，時而湊近唇緣，抿起輕吸幾口、時而撇離嘴邊，撢落一節節燃盡的餘灰。他的雙眸微瞇，不知在眺望些什麼，左手看似漫無目的地把玩菸盒，用指頭來回轉動。

季長河其實不太喜歡菸草的氣味，而他也幾乎不曾當著她的面抽，但說來矛盾，她莫名憧憬他抽菸時的神態，有些飄渺、有些遙遠，明明他離她這麼近。

不過有時就是這樣，像是鏡頭，靠得越近，反而模糊，需要一點距離。

於是，她經常待在一處，默默地看，用目光深刻地記憶，那些他嘴裡銜菸的情景。

她目不轉睛地凝視著他，以至於當他回身時，她來不及移開視線。

藍耘拉開紗門，走回屋內。

「早安，長河。」

季長河猜他或許也才起床不久，那向她打招呼的聲音，低沉中摻著幾分慵懶。

「早安。」

「妳今天也會比較晚回家嗎？」

他邊問，來到她床畔，撫了撫她的頭。

「嗯。」

再過兩個多星期，運動會即將舉行。

最近各個比賽項目皆在加緊練習，因此她放學後需要留校一段時間。

「妳參加哪些比賽？」

「兩人三腳，還有大隊接力，拔河只當候補。」她講著，想起藍耘很擅長跑步。以前參訪他高中、大學的運動會，但凡有接力比賽，他若非第一棒，就是最後一棒，而且也會出席個人競賽。不像她這一回即使有參加大隊接力，也僅負責很普通的中間棒次。

「在想什麼？」他發現她在發呆。

「想你——」她察覺這斷句有點不妙，匆匆繼續說：「以前跑步的樣子。」

「我現在還是有慢跑。」

「什麼時候？」她怎麼一點印象也沒有？

「妳不在，或者睡著的時候。」

「為何專挑那種時間？」她嘟囔，覺得他不夠意思，竟沒找她一起。雖說她可能跑幾步就累，只能慢慢走完全程。

藍耘壓低嗓音，「妳認為呢？」神情似笑非笑。

「嫌我拖你後腿？」

「妳太輕了，哪裡拖得住。」他說完，以指尖輕輕點了她的額頭。——因為想多陪著妳。

✿

運動會前的放學時段，登記借用操場的班級，分別佔據跑道和中央綠地進行練習，丁班即為其中之一。

夏詩穎站在跑道外圍詢問季長河。「長河，妳們等一下要練習大隊接力嗎？」

「嗯。」她點頭，「詩穎直接回家嗎？」她知道夏詩穎沒參加兩人三腳以外的比賽。

「不，我在等人。」她眄向不遠處的顏帛俞，他正與班上其他男生鬧成一片。

季長河順她視線看去，「等帛俞嗎？」

「對，因為他父母出差，他這週都會在我們家吃晚餐，我等他練習結束一起離開。」

「你們很熟？」

「算是吧。小學時同班了六年，彼此住得又近，媽媽們還是朋友。」

夏詩穎話才說完，顏帛俞就揮著手走向她們。

「長河，大隊接力練習要開始嘍。」他上下拋接水泥色的接力棒，「今天從助跑和交接棒開始。」

「好的。」她回應完他，對夏詩穎說：「那我先去集合了。」

夏詩穎望著兩人相繼走遠，總有股被拋下的失落感。她黯然斂下眼眸，轉過身，準備找個地方待著，等他們練習結束。

「詩穎。」

顏帛俞無預警折返，拍了拍夏詩穎的背，還叫了她的名字，把她嚇了一跳。

「有什麼事嗎？」她回頭。

「我知道妳不喜歡運動，如果覺得看我們練習很無聊，妳先回家也沒關係。」

她明白那是他的好意，然而聽在耳裡卻有些尖銳，彷彿再一次與她推遠。

「我剛好有事情要找老師，不會無聊。」她隨口編造了無傷大雅的謊。

「那就好。」他不疑有他，露齒而笑，「晚點見啦。」

✿

「這一組接棒助跑的人起步太慢了，再來一次。」

顏帛俞使用紙捲做成的擴音器發出指示。

「是。」

季長河是負責傳棒的人，接她棒子的女同學起步總是較晚，數來她已經衝刺了第七趟，呼吸變得有些急促，再加上天氣冷，她的胸口不太舒服。

「停一下。」陸之辰從旁阻止，「先進行下一組。」

「為什麼？」

「長河跑太多次了，讓她休息一下。」

「啊，這倒是……」顏帛俞訕訕地撓頭，「長河，抱歉，妳到旁邊稍微休息吧，過一會再叫妳。」

「謝謝。」她踏離跑道至中央綠地。

陸之辰見她走來，沉聲道：「身體不舒服要說。」

「是。」她輕喘著氣，想起上回夏詩穎扭傷腳，亦為他有所覺察，不禁佩服他細微的觀察力，以及——

最初，季長河以為是自己的錯覺，因為場邊圍觀的學生，不光是班上同學，更多為從沒見過的女孩。透過幾次交接棒練習，不難從她們的表現猜出，大部分都是衝著陸之辰而來。

偏偏陸之辰本人依然木著表情，明顯對於受到關注一事興趣缺缺，導致隊上男生像是吃了酸檸檬，紛紛用手肘賞他幾個不痛的拐子，表示嫉妒令他們醜陋。不僅如此，剛才陸之辰不過好意提醒季長河該休息，她就發現有幾道銳利的視線不斷打量她。

季長河小聲喃喃：「太受歡迎真有點可怕。」

他只聽到後半句，「什麼事情可怕？」

「沒什麼。」她擺了擺手。

練習告一段落時，夏詩穎遞了一瓶運動飲料給顏帛俞。

「拿去。」

「我自己有帶水瓶，妳給別人吧。」他左右看了看，「啊，那邊的同學，你要舒跑嗎？」

夏詩穎抿著嘴唇，只覺得他神經大條。若不是他，她根本不會想買飲料。現在他不僅不喝，還打算送給別人……

季長河在側隱隱瞧出端倪，可又認為自己不合適干涉，唯有拍拍她的背部安慰。

「妳別難過……」

「那個遲鈍的笨蛋。」

二

溫南枝不喜歡喧鬧的環境，所以她並未在場邊圍觀丁班練習，而是選擇她翹課最常待的教學樓頂層。不過，自從上回闕家樊告訴她，他從對面實驗樓能盡覽該處光景，她的目光就不時瞥往那裡，深怕自己的一舉一動又落入他眼底。當她抬眸欲朝實驗樓望去，伴隨頂樓鐵門被推開的聲音，便是一句低沉好聽的「午安」，而她無需回頭，也知曉對方必為闕家樊。

「午安。」她回應，口吻平淡。

他走近她，「心情不好？」

溫南枝差點脫口說出：見到你心情怎麼會好。

「妳在看丁班練習？」他站在她身後，從她的角度往下瞧。

「……沒有。」

「不對，妳是在看陸之辰練習。」

「你——」她轉頭要罵他別亂說話，未料卻對上他的微笑，「你為什麼笑得這麼開心？」

「因為妳終於肯理我了。」他隨即又道：「但是，妳這樣偷窺樓下的人不好哦。」

她不甘示弱，「是誰動不動就從另一棟樓偷窺我？」

「是誰呢？」

「你、你……」

每回和他交談，她總是很難保持冷靜，越想越有些憋屈，只好深吸幾口氣，讓自己情緒緩緩。孰料——

「孩子的媽，妳要生了嗎？」闕家樊數起節拍：「來，跟著我做，吸吸吐——吸吸吐——」

「闕、家、樊！」她連名帶姓地叫他，也不管他是否為師長了。

「別激動，會影響胎氣。」

「我要走了。」溫南枝扭頭，彎下腰，拾起腳邊的書包。

「妳要去哪裡？」

她本來無意告訴他，但轉念一想，他向來巧捷萬端，她若不照實回應，他很可能又會生出一堆怪點子耍她。

「打工。」

「超市？」

「嗯，掰掰。」講完，她不等他回話，快步離開頂樓。

✿

晚間，雲霧聚積，壓得穹頂狀似微塌。

不久，一道道閃電劃破幽暗夜幕，雷響轟鳴、狂風呼嘯、雨勢放肆。

溫南枝十點多打完工，準備離開超市。她才壓低身子走出半降的鐵捲門，就看到闕家樊站在不遠的路燈下。他手持一把黑色大傘，笑著向她打招呼。

「晚上好啊。」

「你怎麼在這？」

「怕某人又糊塗沒帶傘。」

她明白他意指前一回的情形。

「我上次不是忘了帶，是借給別人使用。」

「這麼好心？」

她瞅他，「不行嗎？」

「我通常感受不到妳的好心。」

「對你祭出好心，是對自己殘忍。」

闕家樊聽完，笑出聲，「我以為妳之前沒帶傘，是故意想讓我送妳一程。」

「才不是，不要自作多情。」她哼了聲，背向他，朝街道方向走。然而，就在那瞬，一輛騎在人行道的摩托車，忽然飛快地迎面駛向她。

「南枝！」他喊她要她躲開，但眼看已經來不及，他顧不得危險，直接撲向她，將她推往一旁——

緊隨尖銳刺耳的輪胎摩地急煞聲，以及摩托車應聲倒下的巨響，騎士、闕家樊和溫南枝全都倒在地上。

溫南枝在一陣恍惚後，感覺右手肘關節傳來些許刺痛。她忽地憶起事故的前一秒，急忙起身察看一邊的闕家樊傷勢如何。

「闕老師……」

闕家樊雙眉微蹙，艱難地開口：「妳別碰。」他翻身，仰面朝上，嘶了幾口氣，「我左手應該骨折了。」

她一聽整個慌了，但不知如何是好，「你……我……」

騎摩托車的男子也是皮肉傷，不過似乎有點摔到腿，他一瘸一拐地走向他們。

「對不起，你們還好嗎？」他發現趴在地上的闕家樊，「他……」

「他骨折了。」溫南枝定了定神，摸出背包裡的手機，「我打電話叫救護車，能麻煩你聯絡警察嗎？」

「啊，好、好。」騎士連聲應好，又道了歉：「真的很抱歉。」

等待援助期間，溫南枝屈膝跪坐於地，讓闕家樊的頭枕在她腿上，又撐起雨傘為他擋雨。她察覺他其實不止左手骨折，左小腿褲管也磨破了，腿部有一整片滲血的撕裂傷。

「對不起、對不起……」她低著頭不斷掉淚，甚至滴到了他臉上。

「又不是妳的錯。」他慶幸受傷的是自己，否則她若有個萬一，他會更加不捨。可是看她哭成這樣，他也不太好過，便故作輕鬆地說：「而且，我終於感受到妳一點點的溫柔。」

「呆子，有什麼好高興的。」她用手背抹了抹眼周，「這種時候別笑呀。」講完，她用雙手握住他的右掌，一本正經地說：「你就算哭，我也不會取笑你。」

闕家樊這下是真的想笑，但怕牽動傷口，唯有壓抑，僅扯了扯唇角。她誤會他在忍痛，心裡更加懊悔。

──若非她負氣轉身，他也不至於如此。

摩托車騎士蹲在附近，見他們兩人往來互動，蹦出一句：「你們是男女朋友吧？感情真好。」

溫南枝剛想解釋兩人並不是那種關係，救護車卻恰好抵達。她只能委屈地撇撇嘴，開始與醫護人員說明狀況。

三

隔日早晨，余笙見到鄰座的闕家樊左臂綁了三角巾，貌似還打上了石膏。

「你怎麼受傷了？」
闕家樊一臉無奈，「平時做人太失敗，在街上被揍了。」
「在哪個地點被揍？」那條路她以後避著點。
「妳真信啊？」他對於她的天真好騙有些無語。
「原來你在開玩笑。」她伸手作勢要扯他繃帶，「所以石膏應該也是假的吧。」
「別、別，求妳放過我。」他連忙滑著旋轉椅退開，「我是真的受傷，被摩托車給撞了。」
余笙瞇眼，「走路不看路？」
「妳能關心我一下不？」
「所以是？」
「英雄救美。」
「依照你的個性，你救完肯定會故意賣慘，讓對方付出代價，例如：照顧你一輩子。」
她的笑容太過燦爛，讓他不忍直視。
「我在妳眼裡性格到底多糟糕？」
「一般般吧。」
「妳感冒時可愛多了。」他歎了口氣。
談到感冒，她想起他曾幫她代課。
「看在你過去幫我代課的份上，在你手臂好起來之前，午餐我可以順道多帶一份給你。」
「這麼慷慨嗎？」
「你當然得付我錢。」
他忍不住抱怨：「呿，真摳門。」

「再抱怨就不幫你買了。」她瞪他。

「是，我錯了。」

為縮短運動會當日賽程，從這週起，學校不少預賽陸續展開，課表也因而進行短期調動。他們兩人上午碰巧都無須至教室授課，於是在辦公和批改作業過程，有一搭沒一搭地聊天。

「說起來——」余笙以指尖挑起桌前的月曆，「下週就是運動會了。」

「我聽班裡學生說，你們班各項比賽都實力強勁。」

她開心地揚了揚眉毛：「希望可以順利獲得總錦標前三，這樣就能為班費添一筆錢。」

「妳究竟多愛錢？可以有點運動家精神嗎？」

「我負責愛錢，學生們負責當運動家。」

闕家樊用「妳快沒救了」的眼神關愛她。

「對了，你們班陸之辰——」

他話還沒講完，余笙的紅筆突然一歪，畫出了考卷到辦公桌上。

「妳怎麼談到他這麼興奮？」

「沒事，你繼續說。」她在心裡向那張考卷道歉，接著拿了立可白塗抹修正。

「他好像不只成績好，跑步也很快。」

「嗯，他是我們班大隊接力的最後一棒。」

「難怪女學生都變成他迷妹，還稱呼他為冷臉王子。」

余笙不敢說自己也是陸之辰的小迷妹，僅能回他一抹禮貌又不失尷尬的微笑。

「丁班個人和小組田徑，進入決賽的有哪些？」他之前沒有細看布告欄張貼的賽況。

「除了女生組八百公尺在複賽落敗，其他應該都有進決賽。」

他咋舌，「看來妳離妄想的金銀島不遠了。」

✿

季長河與夏詩穎這陣子很努力培養兩人三腳的默契，雙方的節奏和腳步逐漸能互相配合，但前進速度依然不快。

「一、二，一、二——」

這天，經過一個多小時的練習，兩人都有些疲憊。

夏詩穎提議稍作暫停，至場邊飲水機裝水喝。

她們裝完水，走到附近石階看台坐下，一陣細風拂過，寒意滲入肌膚。

夏詩穎仰頭，「幸好雨只下了一夜，不然我們沒辦法練習。」講完，她捧著水壺喝了幾口。

「嗯。」季長河應和，隨後又言：「詩穎，我問妳噢。」

「什麼事情？」

「妳是不是……喜歡帛俞？」

夏詩穎的面頰微紅，但明顯不是凍的。

「有一點。」她跟著問：「那妳呢？」

季長河掀掀眼皮，「我沒喜歡他。」

「不是，我的意思是，妳有沒有喜歡誰？」

她猶豫半晌，誠實地告知：「……有。」

「班裡的人嗎？」夏詩穎有點好奇。

季長河搖搖頭。

「說的也是，妳才剛轉來不久。」她托腮思索，「所以是前一間學校的同學？」

「也不是。」她不知如何描述自己與藍耘的關係，若說是同居人，似乎容易引起不必要的誤會。

「妳手機裡有沒有那個人的照片？」

「有。」

「我可以看嗎？」

夏詩穎臉上寫滿期待，季長河也不好意思拒絕，便從外套口袋取出手機，給她看了鎖屏畫面。

「原來就是他！」她曾看過季長河的鎖屏畫面是位男子，但她本以為他是影劇界的偶像明星，並未仔細端詳他的身型與容貌。

「他比妳年長，對吧？」

「嗯，他比我大了九歲……」

「他五官挺好看的嘛，身高似乎也很高。」夏詩穎完全進入鑑賞模式，「話說回來，你們怎麼認識的？」

「小時候是鄰居。」

「所以你們現在分隔兩地？」

季長河不好意思回答：現在是同居。思量一番，婉轉表達：「我們現在還是住得很近。」近到零距離。

「你們感情好嗎？」

「還不錯。」她明白藍耘將她視為家人般愛護，不過這也是令她百感交集的事實。

夏詩穎放下水壺，將手肘支在膝蓋，托起腮幫子。

「真羨慕你們。」

「羨慕？」

「我和帛俞小學時是好朋友，但上了中學之後，他就對我愛搭不理。然而，我卻在那時才察覺自己喜歡他。」她停頓片刻又道：「我本來打算放棄，沒想到，進入高中竟與他分在同個班級，而他對我的態度也好很多，至少恢復成普通朋友。可是我終究貪心了，希望對他而言，我們不只是朋友……」

季長河低頭凝視手機鎖屏，深刻懂得那所謂「貪心」的心情。

「我不時明示暗示，但帛俞就是個粗神經的人，根本毫無知覺。」

「那妳之後會告白嗎？」

夏詩穎抬頭，將身子向後傾，「或許拖延到畢業再說吧。假如我現在向他告白，不幸遭到拒絕。接下來的日子，我定會無法好好面對他。」

她遲遲不敢對藍耘表明心意，亦為相似的理由。

——話一旦出口，就收不回了，更無法當作無事發生。

「而且，我個子這麼高，大抵不合帛俞的喜好。他說過喜歡嬌小可愛的女孩。」

聽完夏詩穎的煩惱，她的心緒跟著微暗。——藍耘由於照顧她，單身至今，亦鮮少社交。她尋思，他說不定有喜歡的人，只是未曾表明。

「長河，你還好嗎？」她看季長河雙眸微垂、咬著下唇。

「我、我沒事。」

——藍耘，你為成全我的幸福，犧牲了自己的人生。於你而言，我究竟是牽絆，抑或負擔？

兩位女孩各懷青春裡的微疼心事，而未注意有道人影從她們後方一閃而過。

✿

顏帛俞練完四人接力時有點口渴，但當他拎起水瓶一瞧，發現裡面竟然空了。他向其他隊員要水，可沒人願意施捨他，他一邊碎唸著大家沒同學愛，一邊灰溜溜地走向飲水機裝水。

待裝好水，他碰巧瞧見季長河與夏詩穎並肩坐在一棵樹下，向來熱情的他正欲上前和她們寒暄，就聽到兩人的聊天內容提及自己的名字。他下意識地停下腳步，躲到鄰近的另一棵樹後。

——喜歡？意外得知夏詩穎對他抱有好感，是他未曾想過的事情。

顏帛俞中學之所以疏遠她，絕非因為討厭她，而是那年紀的男孩，稍微跟哪個女生走得近些，就會被傳流言蜚語。他臉皮其實很薄，最怕被別人說喜歡她，讓心意在非親口表達的情況下曝露，無奈之餘，他唯有選擇迴避。

升上高中以後，大家心智成熟許多，不會再動不動把關係較好的男女湊成一對。他有意修復和她之間的情誼，可是心裡又對不理她的那段日子懷著歉疚，認為冒然拉近彼此的距離不太合適，也就沒什麼具體行動，頂多發發訊息、打打電話，偶爾放學同路返家。

關於夏詩穎誤會他喜歡嬌小可愛的女孩，他實在很想立刻衝上前作解釋，自己當時眾目揆揆之下，不得不給出一個答案，他只好隨口胡謅，孰料她卻聽了進去，更甚信以為真。他幾年前就知道她對身高一事感到自卑，但沒想到他竟是造成她心結的元兇，如今真相昭然若揭，令他懊悔不已。

他在心底暗暗下了決定。——如果這次他參加的個人賽獲獎，他就主動向她闡明心意。

四

——喜悅猶如北地忍不住的春天。

顏帛俞這種直腸子的男孩，基本藏不住什麼祕密。

接下來幾日，他都喜上眉梢，跑起步來也特別帶勁，旁人不禁懷疑他是否嗑了興奮劑。

✿

隔週三早自習，距離運動會僅剩兩天多，二年丁班又在操場練習各項比賽。

「你秒數縮短是很好啦，但眉眼彎成那樣，看起來相當猥瑣，可以請你收斂點嗎？」同樣參與四人接力的其中一位隊員，忍不住吐槽顏帛俞。

「我心情好礙著你啦？」顏帛俞一副「你能拿我怎麼辦」的得瑟表情。

隊員故意曲解，「你可千萬別『愛著我』，我會需要嘔吐袋。」

陸之辰靜靜站在一旁沒說話，僅時而垂眸瞥向手錶，計算他們究竟浪費了多少時間。

十分鐘後，那兩人完全沒有開始練習的意思，陸之辰不得不走上前打斷他們交談。

「休息夠了？」

顏帛俞一臉驚訝，「你在啊？」

「……」他沉了臉色，「快點開始。」

✿

四人接力練習完畢，顏帛俞回到教室外走廊，並偶遇從教室前門走出的夏詩穎。他興高采烈地上前招呼，還險些直接撞向她。

「早安啊。」

「你別在走廊奔跑，都差點撞到我了。」

「抱歉、抱歉。」他連被她碎唸也開心，認為打是情、罵是愛。「妳要去哪？」

她輕輕挑眉，「我沒義務向你報備吧？」

「是沒錯啦。」他抓抓下巴，「啊，妳別走嘛。」他追上大步向前的她。

「你不要跟上來。」她轉身瞪他作為警告。

顏帛俞不懂她怎麼突然這麼兇，「為什麼不能跟？」

「你想進女廁所的話就繼續。」

「你發生什麼事情嗎？」
夏詩穎總覺他近日舉止怪異，還時不時圍著她轉。
「也、也沒有啦。」
「你最好從實招來噢。」她知道他一點都不擅長說謊，尤其那支吾的模樣萬般可疑。
「講了妳肯定會生氣的。」
她瞇起眼，「你昨天在我們家偷吃了我的布丁？」
「不是那件事。」雖然謀殺她布丁的兇手確實是他。
「你還偷吃了別的？」
「沒有。」他連忙否認，「妳別疑神疑鬼。」
「所以到底有什麼事？」
「好啦，」他耳根有些發燙，「……我聽說妳喜歡我。」
夏詩穎猜過無數種可能，就是沒猜到這個答案。
顏帛俞見她面色一陣青白，匆匆改口：「妳別打我啊，我就瞎編的。」
「呃……對不起。」
她冷著聲音，「你聽誰說的？」
「沒聽誰說。」他不敢承認偷聽。
「算了，隨便你怎麼想。」
她踱步離去，留下他愣在原地，暗罵搞砸一切的自己。

五

當日放學，夏詩穎約季長河至中庭一趟，後者並未多想，很自然地答應。

然而甫至中庭，季長河還來不及觀覽草木，夏詩穎的神情陡然含怒，眼底滿是對她的怨埋。

「我那麼信任妳，妳為什麼把我的祕密講出去？」她不由分說地指責她，講話音調由低到高，面龐也微微漲紅。

「祕密？」她一頭霧水，思忖半晌才道：「妳是指，妳喜歡帛俞的事情嗎？」

「不然呢？妳還裝傻。」她咬了咬嘴唇，鬆開時蒼白一片，「帛俞告訴我，他聽人說了這件事，而妳是唯一知道的人。」

季長河有苦難言，「我真的不清楚。」

「別再講了，我不會再相信妳了。」

夏詩穎握緊垂落身側的拳頭，雙肩微微顫抖。

季長河試圖與她溝通：「詩穎，我——」然而她完全聽不進去，僅撂下賭氣的話語：「兩人三腳我暫時不練習了，妳自己看著辦。」

✿

由於並未留校練習兩人三腳，那天季長河早早就回到公寓。

藍耘六點多下班返家，本以為房子裡沒人，一打開大門卻聽到動靜。他疑惑地進屋，看到她站在爐台前燒菜，但顯得沒精打彩。

「長河，我回來了。」他緩緩走到她身旁。

「歡迎回來。」她很高興他平安到家，但臉上的笑容稍嫌牽強。

「妳還好嗎？」

搬新家以來，他還是初次見到她如此消沉。

「嗯，我還好。」

藍耘用指頭刮了刮她停下翻炒動作的手背，「真的？」

嚴格說起來，她不過和朋友發生誤會，談不上遇到什麼大事，只是心裡莫名難受。

季長河思來想去，決定不瞞著他。

「……等一下吃飯時說。」

四方的餐桌，兩人坐在鄰側。

用餐過程，她簡述了事情始末。

藍耘聽完，以一句話概括：「意思是，她認為妳把她的祕密告訴了當事人？」

「嗯……」

季長河放下筷子，將一縷垂落的髮絲勾至耳後，露出白皙小巧的耳朵。

「長河。」他柔聲喚她，從座位起身繞至她後方。

她稍微扭頭，目光往斜上偏。

「藍耘？」

他彎身，抬手環過她，讓她向後貼上自己胸膛，下巴則輕輕抵著她的頭頂。
「你、你怎麼……」她因為過於害羞，文字變得沒能成串。
他被她一問，也有些怔然，「沒怎麼，就想抱抱妳。」興許是不捨她蒙受委屈。
她固定同個姿勢不敢動，感受著他身軀的熱度，以及呼吸間胸口的起伏。

藍耘無聲地摟了她好一會，才再度開口：「學校的運動會是這週六舉辦嗎？」
「對，從早上八點到下午五點。學生跟平時一樣，必須在七點半前到校做準備。」
「妳的比賽項目幾點開始？」
「兩人三腳預計是早上十一點，大隊接力為下午三點半。不過仍要視當天賽程情況而定，通常都會提前或延誤，沒辦法拿捏的很精準。」
「這樣啊。」他鬆開她，改用指頭梳理她的髮絲，「那我十點半到學校找妳，可以嗎？」
「你要來？」她記得他上一次參與她的運動會，是她小學六年級那年。
藍耘故作失落，「不歡迎？」
「不是，」她以臉頰碰了碰他的手，「你週末難得可以休息，不需要特地到學校來找我。」
他哂笑，「參賽的人是妳，我只是去看看，又不辛苦。」
季長河想了想，「那就看前一天你工作累不累吧。」
「好。」他接著又說：「希望妳能儘早和朋友解開誤會。」

第五話，你眼底映出的我

從他放不下她開始，
他就輸的澈底。

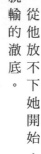

一

運動會清晨，曙色燦爛，天空澄碧。

氣溫很低，朔風輕吹而過，足以刺骨。

季長河進入丁班教室，發現夏詩穎在窗邊與朋友聊天，對方明顯也看到她，卻刻意別開視線。她默默回到座位，放下書包，從抽屜摸出數學習作簿，打算利用空檔完成作業。

她剛解開兩題計算題，顏帛俞忽然湊到她座位旁，一把拎起她的作業簿。

「妳今天怎麼還讀書啊？」

「……找事情做。」她拿筆尖戳戳桌墊。

「為什麼會沒事情做？」他瞠目結舌，「再過二十幾分鐘，四人接力決賽就要開始了。記得到操場幫我們加油，懂嗎？妳的作業簿我暫時沒收了。」

季長河還反應不及，他就拿著她的作業簿離開，也在當下，她感覺芒刺在背，似乎被人盯著，而她心裡清楚是誰。基於此般情況，她選擇離開教室，暫且迴避那道扎人的視線。

✿

由於學校播音設備算不上好，運動會開幕典禮的奏樂堪稱刺耳。

校長在操場中央臨時搭建的高台剪綵，隨後進行慣例的致辭勉勵。

可憐的高一學生，被迫在台下當忠實聽眾，各個坐的東倒西歪，不時交頭接耳，期待冗長的開場能早點結束。

約莫半小時後，運動會正式開始。

第一項比賽為四人接力，於八點四十分檢錄，並在八點五十分舉行。

顏帛俞作為丁班第一棒，從初始就遙遙領先其他賽道成員，後續的兩人也維持穩定拉鋸，最後一棒的陸之辰更讓輸贏壁壘分明，引起一眾圍觀學生拍手叫好。

季長河在實驗樓下方看台觀賽，或多或少受到活絡氛圍感染，她也不自覺地起身予以掌聲。

✿

四人接力結束後，二年丁班的參與者紛紛換下螢光號碼背心，並在服務同學的引導下相繼離場。

「累死我了。」顏帛俞邊邁步、邊大口吸氣，又用手掌當扇子來回揮動。

陸之辰面不改色，依舊平平淡淡，「你十點還有個人百米短跑。」

顏帛俞「呿」了聲譏誚：「你還真是兄弟，懂得適時提醒我。」

「對了，長河和詩穎還好嗎？」他將起霧的眼鏡取下擦拭。

「什麼意思？」

顏帛俞明白自己惹夏詩穎生氣，但不清楚為何牽涉到季長河。

「你沒參加兩人三腳比賽可能不曉得，她們最後兩次練習都沒出現。」

「真的假的？她們之前一直配合得不太好，今天比賽沒問題吧？」

「我以為你跟詩穎很熟，或許會知道些什麼。」

他尷尬地撓撓後腦勺，「如果真有需要，就找候補同學參加。」

「嗯，沒問題。」

對於顏帛俞來說，下一場百米賽跑的成敗是關鍵，他不想動搖自己的情緒，計畫賽後再去找夏詩穎，順道詢問她與季長河的狀況。

✿

十點零五分，前來操場觀看比賽的人潮不減反增。

伴隨一聲槍響，跑道上的選手們如離弦之箭，飛也似地向前衝刺。場邊掀翻如浪此起彼伏的呼喊，比賽主持人亦情緒激昂地播報賽況。在短短十多秒後，冠軍衝過了底端白線，歡呼似雷轟動。

顏帛俞雀躍地高舉雙臂、迎接勝利，並在朋友們簇擁而上之前，環顧四周，尋找夏詩穎的身影。然而舉目望去，皆未見到她。——難道她還在生氣，連比賽也不願意看嗎？他腦海竄過一瞬悲觀的念頭。

就在他深陷落寞之際，有人從後方拍了拍他的肩膀，他回過頭，看到夏詩穎站在身後。

「諾，毛巾給你。」她的眼神左右游移、臉上表情有點彆扭，「恭喜你得到冠軍。」

「詩穎……」他不顧自己還在跑道外圍、周遭都是人，一把捉住了她的手。

「你、你做什麼？」她欲後退，但他出了不少力氣，她甩不開。

「我喜歡妳。」他還是有點理智，瞭解她可能尷尬，告白時壓低了聲量，且湊在她耳邊，只讓她聽見。

夏詩穎有些難以置信，「你是認真的？」

「我是認真的。」他鬆開她的手，將毛巾繞過後頸，「之前讓妳生氣，對不起。」

顏帛俞話才說完，下一場競賽即將展開的廣播就已響起，管理賽場的同學開始清場趕人，他忙不迭地牽起她的手，快步帶她遠離人群聚集的地方。

他們才跑一小段距離至校舍後方，體力不佳的夏詩穎就氣喘吁吁。

「你停一下，我無、無……法像你……跑那麼快。」

顏帛俞聞言立刻佇足，臉上帶著些許歉意，「抱歉。」語畢，他見此處再無他人，鼓起勇氣又說了一次：「詩穎，我喜歡妳，妳願意和我交往嗎？」

夏詩穎聽完，眼中有淚水在打轉，「……我一直以為你很討厭我。」

「我從來沒有討厭過妳。」他有些羞恥地坦言：「中學時，我還不懂事，怕被別人指手畫腳，才會與妳保持距離。前一週，我無意間聽到妳跟長河聊天，妳在談話過程說喜歡我，我一時太高興而得意忘形，甚至變得魂不守舍……」

「等等，所以……你知道我喜歡你，不是長河告訴你的？」

「不是，是我不小心聽見。」

「怎麼辦……」她攥著運動衣下襬，「我懷疑長河講出我的祕密，前幾天還對她亂發脾氣。」

「怪不得之辰告訴我，妳們昨天和前天都沒練習兩人三腳，原來是吵架了嗎？」

「嗯，不過是我的錯。」她對於自身不講理的行為感到自責，「還沒釐清事實之前，就擅自下判斷。」

「我和妳一起向長河道歉吧。」他拍拍她的背，「我也有責任。畢竟是我當下沒好好解釋清楚，導致妳們產生誤會。」

✿

夏詩穎試著撥電話聯絡季長河，但遲遲無人接聽，持續轉入語音信箱。

「帛俞，長河沒接我電話，她會不會再也不理我了……」

「別擔心，我剛才問了幾個同學，他們說有看到她在操場，我們繞一圈找找。」

他們花了將近十分鐘，繞過四分之三圈操場外圍，終於在某側看台見到季長河。

顏帛俞出聲叫她：「長河。」

她的視線從跑道挪至他身上，同時也發現他身後的夏詩穎，她有些訝異地眨眨眼。

兩人到她面前之後，夏詩穎率先致歉：「長河，對不起，我誤會妳講出祕密，對妳的態度還很不好。」

季長河明白她其實沒有惡意，多半是當下心急，才會出言不遜。她很慶幸事情能說開，而且——

「沒關係。」她隱約猜到，「你們在一起了？」

夏詩穎點頭，雙頰微紅。

她替她感到開心，「太好了。」

「等一下的兩人三腳，妳願意跟我一起參加嗎？」

「當然。」

顏帛俞看兩人和好，隨即提議：「距離比賽還有二十幾分鐘，妳們要不要到體育館做最後練習？」

「好。」她們異口同聲地答應。

✿

那天，藍耘十點多就抵達季長河就讀的學校，也順利找到她在哪裡。不過他並未上前搭話，僅坐在她身後幾格的斜角位置。

季長河與同學的互動，他全靜靜看在眼裡，也因此得知她與朋友和好。他放下心的同時，也感到十分欣慰。在他過去的印象中，她總是一個人獨處，不怎麼與旁人交流，也沒什麼朋友，多數時間皆由他陪伴度過。

他凝視她綻放微笑的側顏，一股複雜的情緒於心底湧動，彷彿海潮的漲落，時而激越、時而慼然。

二

十一點十分，高二兩人三腳對抗賽熱烈展開，每班一共十組參與。

這種娛樂性質的賽事，主要鼓勵同學參與班級活動，側重點不在輸贏，因此場上氣氛歡快輕鬆。

季長河與夏詩穎是丁班第六組。輪到她們時，兩人前進速度雖然不快，但至少沒跌倒，節奏也掌握得不錯，順利繞過對側定點障礙物，回到最初的起點，將手中的接力棒交給下一組。

重回等候區後，她們解開腳踝上的綁帶，彼此相視而笑。

過了一會，比賽告終。丁班並未獲得前三，但參與的同學們仍都很愉快。

離開賽場時，夏詩穎瞥見看台區有名男子莫名面熟。她瞇眼端詳了一番，依稀想起在哪見過。

「長河，他是不是妳喜歡的人？」

季長河順著她比出的方向看去，「……藍耘。」

「妳要過去找他嗎？」

「嗯，」她頷首，「謝謝妳告訴我。」

夏詩穎揮揮手，「那我先回教室了。」不忘對她說：「加油。」

她明白她的意思，但故意打趣道：「怎麼比賽結束了，妳才對我喊加油。」

✿

季長河小跑步到藍耘面前，輕輕叫喚他的名字。

「藍耘。」

藍耘抬手以拇指摩挲她的面龐，撫過一片滑軟的涼意，「怎麼穿這麼少？」他說著，褪下自己的外套為她披上。

她淺淺一笑，「穿太厚不方便活動。」

「妳下一場比賽是下午三點半，對吧？」他向她確認。

「嗯，還有很長一段時間。」她想了想，弱弱地問他：「你來這裡會不會覺得無聊？」
「怎麼會。」他摸摸她的頭。——有妳在，怎麼會無聊。
「那接下來——」
季長河還沒說完，他已猜出她想講什麼。
「別擔心，我去公司加班，三點再過來。」他上班的地點離她學校不遠。
她聽到他要來回奔波，還打算進公司忙碌，總覺得太辛苦。可若強留他在學校，只更讓他無所事事。
藍耘不見她回話，一張小臉還微微皺著。
「怎麼了？」
她攏起他的外套，頭埋得很低，鼻尖盡是他的氣息，「你有空多休息。」由於悶在布料裡，她一句話說得有點模糊。
那小小聲的叮嚀，聽在他耳裡十分溫暖。
他勾勾唇角答應：「好。」

三

大隊接力舉行之前，丁班仍有不少同學參與其他賽事。
陸之辰報名的一千六百公尺長跑，便是其中之一。
顏帛俞向來喜歡湊熱鬧，下午一點多的時候，他不顧陸之辰是否願意，自作主張地陪他到操場選手檢錄區。他全程東南西北地胡聊，從一隻斷水的黑色原子筆，講到他幾個月前去外縣市爬山。陸之辰沉默地聽著，沒嫌他煩人，但也毫無反應。

進行檢錄之前，顏帛俞問他：「你這樣三點半大隊接力還跑得動嗎？」算是回報他早上不忘提醒自己。

「可以吧。」

陸之辰依然面癱，絲毫未受影響。

「你就不能給點表情？」

風有點大，他眼皮上下翕張，「能。」只是不是給他。

顏帛俞聳肩，「班上大概沒人比你更適合長跑了。」

「……怎麼說？」

「你那老謀深算的頭腦，我猜不只是配速，你連步伐的跨距、呼吸的頻率，可能都算過。」

「是啊。」他並不否認。

「我也是服了你，和你同場競技的選手真可憐，根本毫無勝算。」

✿

隨著比賽推進，余笙繞遍操場各處，為班裡學生助威吶喊。

即將輪到一千六百公尺長跑競賽，她費盡千辛，終於擠到接近終點區的觀賽前排。

隔著圍起的賽場紅色管制線，她看見陸之辰蹲踞於起跑線後方。他心無旁騖的神情專注而凜然，令她光是望著就心跳不已。

開跑前，余笙的手臂被人碰了碰。

「午安，余笙。」

「嗨，家樊，你也來看比賽？」

「是啊，」闕家樊指向身旁一眾班上的女學生，「我來看看她們口中的冷臉王子到底有多帥。」

余笙聽罷，在心裡嘀咕——反正肯定比你帥。

一聲槍響過後，比賽於呼喊聲中訇然展開。

學校跑道一圈約莫兩百公尺，一千六百公尺長跑需要繞場八圈。

陸之辰前六圈跑得並不快，持續殿在後頭，幾度甚至落到最後一名。他的表現引發眾議，不過較懂跑步的人，便能理解他頗有技巧。相比領先在前的學生，一個個明顯體力耗罄，他臉不紅氣不喘，且游刃有餘。

至最末兩圈時，陸之辰奮起直追，非但加大跨距，更提升了速度，開始反超一個個原本跑在他面前的人。

不到幾十秒，他就穩居第二，僅剩一人於他幾步之遙。

那人隱約感受到後方無形的壓迫，不僅步伐大小不一，呼吸亦凌亂不堪，全憑一股猛勁在衝。

陸之辰絲毫不在意對方擋著他，維持規律的步調緊跟在後。抵達終點線的前一百公尺彎道處，他再次加快速度，堪比百米衝刺，一下就趕上原先的第一名，並迅疾超越了他。

全場對於逆轉的賽況感到震撼，觀眾區的氣圍頓時沸騰，掌聲和尖叫不絕於耳。

余笙深為少年沉著的表現驕傲，但她明白自己只適合在內心為他歡喜。不過，——

「哪個小子那麼帥？瞧妳看得目不轉睛，整張臉都紅了。」闕家樊調笑。

「人多，我缺氧。」她拍拍雙頰，大口呼吸，嘗試降低臉上的熱度。

「別窒息了。我左手還骨折，沒辦法幫妳做人工呼吸。」

她噘嘴，把頭別向一邊，「我很好，不勞你費心。」

✿

陸之辰衝過終點線之後，成群女生蜂擁而上，又是給毛巾、又是遞水，場面相當混亂。負責管理比賽場地的同學寥寥數人，根本攔不住她們，直到出動幾名體育老師吹哨，並以擴音器廣播離場，才勉強控制住狀況。

其實陸之辰無心應付圍繞他的人，只想快些捎訊息與余笙聯繫。

他們之間的情感得來不易，必須如此隱晦，但他甘之如飴。

那幾分鐘，闕家樊恰好在和余笙拌嘴。

由於人很多，他們偎得很近，舉止遠觀十分親暱，映在陸之辰眼底亦然。

他清楚自身與闕家樊的差異。對方是成年男子，擁有穩定收入，且性格幽默風趣、待人親切和善；反觀他，無論成績再好，體育多麼優秀，年齡差距依然存在，而他也不是個詼諧的人。

冷風猶如尖銳的冰凌，反覆戳刺著肌膚，他的四肢末梢逐漸發麻、失了感覺。

四

——生活是一個陷阱。

溫南枝曾在某本書讀過這段文字。

自從間接造成闕家樊受傷，她發覺一切似乎變得不太對勁。以前她凡事會先想到陸之辰，現在——

手肘的擦傷快好了，可是內心的情感亂了。

闕家樊一次次出現在她面前，帶著一點強硬、不容拒絕。明明是大人，偶爾又像個孩子，經常掛著笑，好似沒有煩惱。那輕佻的態度，實為他的漠然，因為並非真正在乎。當他不說話，一雙眼眸猶如深洋，在波瀾不興之下，藏匿著自己。

她明知看不清他，卻逐漸陷溺其中……

✿

今天溫南枝凌晨四點多就起床，按照新購的食譜製作便當。縱然是幾樣簡單的菜，她依然手忙腳亂，而且試吃時發現味道不怎麼樣，唯一值得稱許之處只有賣相還行。

她知道闕家樊是左撇子，傷了慣用手，日常定會受到影響，於是製備了便於食用的菜式。

下午一點多，溫南枝隱約覺得忘了什麼，但怎也想不起來，直到附近傳來不少女孩的尖叫，並喊出陸之辰的名字，她才驚覺他在這個時段參賽。

——我為什麼會不記得這麼重要的事？

因著呼之欲出的答案，在跑道上的他竟顯得有些陌生。

她心裡徬徨，提著便當在操場外圍亂走，意外撞見闕家樊與余笙談天說笑。頃刻，她感覺某種情感壓著胸腔，心口不斷發緊，苦澀從殘餘的縫隙一點一點滲入。她使勁地咬著嘴唇，強抑過於氾濫的悲傷。隨著眼前逐漸糊開的畫面，她終於明白，失控的，早已不止淚水，亦包含她的喜歡。

——他，成為了她的，陷阱。

✿

溫南枝緩過情緒，抹了把眼淚，磕磕絆絆地擠出人群。她一時間恍恍惚惚，不清楚能去哪裡，也就順著平日的習慣，朝教學樓的方向走。

一步步爬上階梯，周圍的喧鬧聲漸弭，彷彿塵囂再與她無關。

——什麼時候變得這麼脆弱了？

抵達頂樓之前，她忍不住暗嘲自己。

推開鐵門，頂樓平台不見半個人影。

溫南枝的手沒拉緊，門被強風一吹，於「砰」的巨響後應聲關上。她走到背風的水塔附近，攏了攏運動褲，併腿坐下。把便當放好、揭開盒蓋，盒中的料理歪歪斜斜，怎麼看、怎麼不美味。——拿這種東西去送人，也只會造成困擾吧。她輕輕用筷子戳了戳冷硬的白飯。

然而，她剛捧起餐盒，鐵門忽然被打開……

闕家樊從門後走出，與她的視線交會。

「南枝。」

她登時愣住，一隻手懸於半空中，無法動彈。

「妳怎麼哭了？」

剛才在操場上，他發現她走至他附近，還來不及向她打招呼，就見她一臉泫然欲泣。他欲上前問她怎麼了，奈何中間隔著不少學生，等他撥開人群，到她原本站的地方，她已未知去向。他憑著直覺，推敲她可能往哪，抬起頭，教學樓就在正前方，他想也沒想，旋即爬上頂樓，也一如預期地尋得她。

「我才沒哭。」

溫南枝嘴巴還硬，可泛紅的眼眶出賣了她。那沒打草稿的謊，任何人皆能輕易揭穿。

他無奈地苦笑，緩緩邁步至她身前蹲下。

「那妳為什麼要低著頭？」

「不關你的事。」

其實她心口不一，他若真丟下她不管，她約莫會哭得更慘。
而他也聽出她未說實話，但未出言揭穿，僅拍撫她顫抖的背部。
「妳做了便當？」
她不肯理睬他。
他又問：「可以分我吃嗎？」
她依舊不給回應。
闕家樊輕歎口氣，扶著她的下巴，讓她仰起臉蛋。她的雙頰透著薄紅，下唇印有淡淡齒痕，模樣可憐又可愛。他終究沒忍住，單手把她往懷裡按。
「妳不說話，我該怎麼辦？」
溫南枝在他臂彎裡掙扎，片刻後想到他有傷，又僵住不敢抵抗，改而輕推他的胸口，深怕稍有不慎弄痛了他。
「你、你放開我……」
她終於開口，他從善如流地稍微放手，不過仍鬆鬆地箍著她。
「誰欺負妳了？我幫妳修理他，嗯？」
盯著始作俑者，她想撒點脾氣，然而瞥見他左手仍繫著三角巾，她就提不起勁，唯有懊惱地掐捏他的右臂。他的肌肉比她想象中結實許多，不僅擰不起來，弄了老半天，她的手還很痠，可謂毫無成就感。
他從前就知道她有點小性子，但沒想過她的氣惱，竟是這般溫軟無害。他本估摸著要挨她打了，結果她只扯了扯他的手臂，甚至沒多用力。
「你說呢？」她努嘴。
他刻意與之周旋，「我不知道耶，妳透露一下。」

溫南枝是羞的，亦是氣的，講起話來期期艾艾。

「你、你——」

「原來是我嗎？」他從先前的玩味，換上認真的神情，「我要怎麼做，妳才肯原諒我？」

——哪有什麼原諒不原諒？她在心裡琢磨。

她總覺他的行為一直很曖昧，但具體有些什麼，倒又完全沒有。這種被他玩弄於股掌間的滋味，令她很不好受。

「你是不是認為要我很有趣？」她濕潤的眼波濛著絲絲憂傷。

「南枝……」他不曾那麼想。

其實不只是她，他也害怕受傷，下意識地。

故作浮浪不羈、忘卻得失，以免到頭來是場空，但已無法好好抽離。

「南枝，對不起。」他倏地醒悟，再次收緊手臂，把她牢牢圈住。「我喜歡妳。」

倘若這段關係是盤棋局，從他放不下她開始，他就注定輸得澈底。計較那點檯面上的自尊，卻使她傷心難過，又有什麼意義。

溫南枝怔怔地望著他，細聲呢喃：「這不是夢境，對吧？」她確認似地戳了戳他的右頰。

他哭笑不得，「不應該戳戳自己嗎？」言迄，他握起她的小手，往自己左胸前帶，「妳的回答呢？」

縱然心照不宣，他仍想親口聽她說。

她心一橫，捉住他的衣領，飛快在他左臉親了一下。

「……這、這樣可以吧。」

「只有這樣？」雖說作為回答也挺好。

「就只有這樣。」她嘟嘴，象徵性地哼哼兩聲。

闕家樊沉吟半晌，柔聲問她：「妳知道研究科學的人，擁有哪種性格特質嗎？」

「性格特質？」她偏著頭暗忖：他是指狡黠嗎？

「實事求是的精神。」

語畢，他親上她柔軟的嘴唇，並趁她全然愣住時，將舌頭稍微探入，加深了這個吻。

無論如何，這都是彼此的第一次，他也不至於太過火。當她在他懷中扭動，他就離開了她的唇瓣。

「你──」她用雙手遮住下半張臉。

他以指腹按壓自己的下唇，「因為親這裡才對。」

她拿他沒輒，只好赧然闔眼，悄聲說：「……我也喜歡你。」

經過情感的坦誠，溫南枝的心跳變得更快，而視線也不知該往哪裡擺。

此刻，她恰好眄了眼地上的餐盒，只覺得煞風景，又很不好意思，想把它給偷偷藏起來。

「我肚子好餓。」他沒漏看她落在餐盒上的目光，「想吃妳做的便當。」

「不行。」她用力搖頭，「而且，你為什麼覺得是我做的？」

「才說完喜歡就這麼小氣嗎？」他揉揉她的小腦袋，「憑我上次看過妳做的炒飯。」

她撇撇嘴，「那你應該不會想吃這個便當，跟之前下了同款的毒噢。」

「被妳毒死我也只能認了。」他說著，拾起盒蓋上的叉子。

「你就這麼想進醫院嗎？」

「難道妳原本獨吞便當是為了自殺？」

「……你慢慢享用吧。」她實在說不過他，只能隨他高興了。

闕家樊由於左手受傷，無法拿起餐盒，吃起來很不方便。他促狹地朝她眨了眨眼，她隨即瞭解那不言而喻的意圖。

「就叫你別吃嘛，我是不會餵你吃的。」

「那妳原本做這便當要給誰？」

「……自己。」她講得心虛。

「沒騙人？」

他湊近她，而她退無可退，再向後已是水泥牆。

溫南枝被他逼得沒辦法，「給你的、是給你的。」

「那乖乖餵我吃幾口。」他得逞一笑。

她無奈，拿回叉子，隨意挑了顆肉丸塞進他嘴裡。

闕家樊嚼了嚼，嚥下，意味深長地凝視她。

「早就告訴你不好吃了，不准怨我。」她睨他，表示不同情。

「我可沒說不好吃，」他雙眸微瞇，像兩道月牙，「只是——」

「只是？」

等答案的她，並未感受到威脅，直到——

「妳的嘴唇似乎更可口。」

他又一次，含上她嫣紅的唇。

五

下午三點半，班際男女混合接力如期進行。

高中部有三個年級，一共四十五個班級。由於不是每班男女比例均分，因此僅有二十五個班級參賽。參賽班級抽籤分為五組，最終以累計時間最短者得勝。

丁班分在第三組第二跑道，雖拿下組別中的第一，卻於最終計時多了庚班幾秒，導致飲恨落敗。不過，總錦標累計個人與班級取得的全部獎項，因此他們在該榮譽依然毫無懸念地奪冠。

閉幕典禮頒獎時，丁班由體育股長代表上台領取錦旗、獎杯和獎金。

余笙在台下淘氣地朝闞家樊擺出勝利V字手勢，他則無奈地聳肩表示對此不以為意，畢竟最想要的，他已經得到了，就在不久之前。

然而余笙的小動作，引起部分眼尖學生猜疑，甚至開始竊竊私語，話題圍繞兩位教師打轉。

「我一直覺得余笙老師和家樊老師挺般配。」

「是啊，同樣年輕，又是化學老師。」

「辦公室戀情的確不壞啊，每天都能見到面。」

「如果他倆真的湊成一對，學生們每天都得被迫戴墨鏡了。」

眾人討論得熱絡，傳入陸之辰耳中，只感到陣陣難受。余笙察覺他面色有些難看，卻礙於四周皆是學生，她也不好上前解釋，內心焦急不已。

閉幕典禮告終之際，二年丁班因為領到一筆獎金，有不少同學相繼提議應該辦個慶祝會。余笙滿臉委屈地嚷著：「你們不留當班費嗎？」，可惜沒人理會她。眾人興奮地討論要去哪裡聚餐，一時間意見難以整合。

後來，陸之辰在班級通訊群組讓大家投票，並以到KTV唱歌獲得最高的票數。

「詩穎，這活動一定要參加嗎？」

季長河詢問正在滑手機的她。

「依照個人喜好吧，沒有強制規定。」她抬起頭，「妳不想去嗎？」

「……有點不想。」

她的眼珠子往旁一溜，夏詩穎就瞧出端倪，饒富興味地笑了笑。

「也是，妳喜歡的人在等妳。」

「嗯，」她赧然地用指頭勾勾微捲的髮梢，「那我等等先走喲。祝你們玩得愉快。」

✿

薄暮時分，夕暉迤邐，紅雲斑斕。是白晝的結束，亦為夜晚的開始。

校園中，人潮漸散，季長河緩緩走向那抹煢然獨立的身影。

「藍、耘。」她故意放慢語速喚他，一字一字發音清晰。

藍耘見到她，也往前跨了幾步，一下縮短彼此的距離。

「妳們班的人好像都還待著，妳不和他們一起嗎？」

「他們在討論要到哪開慶功會，我就不去了。」

「妳確定不參加？」

「嗯，不參加。」

他一方面擔憂她並未好好融入新環境，另一方面又因她選擇來找他而稱心。他是如此矛盾，矛盾到他快認不得自己。然後，他腦海陡然浮現一段旋律。

那首歌是怎麼唱的？

——一想到你呀／我這張臉就泛起微笑／愛你就像愛生命

季長河看他上身只穿一件黑襯衫，這才想起他的大外套勾在她前臂，連忙將之取下並展平歸還。

「對不起，那時我竟然披著你的外套就回教室。」

她發現的當下，匆匆聯絡了他，但他讓她好好穿著，表示他待在公司辦公室內不會冷。

「沒事，」他接過外套，卻未立刻穿上，「妳把手伸出來。」

她遲疑片刻，聽話地伸出手。

他輕輕握住後，笑問：「暖和吧？」

「嗯。」她點點頭。

藍耘明白她累了一天，決定帶她到餐廳用餐，而非回家開伙。

「長河，妳想去哪裡吃飯？我有開車來。」

她拉拉他的衣袖，「我想先回家沖涼、換衣服，可以嗎？」她整天活動多少流了汗，頭髮也有點凌亂，她不願以這副模樣和他在外用餐。

「當然可以。」他又構思了另一備案，「或者，我們買點妳喜歡的食物回家吃？」

「好。」她贊成他的提議。

他們剛踏出校門沒多久，藍耘顧盼四周人流熙攘，且覺傍晚氣溫更低。他順勢牽起了她的手，放入自己的大衣口袋。季長河有些驚訝，眼尾挑起羞怯，只敢悄悄瞥他。他的神色柔和，一雙瞳仁倒映出她的身影。

「人多。」冷霧自他唇緣呵出，「別走散了。」

「我又不是小孩子。」她的手在他口袋裡轉了轉。

他停頓片刻，柔聲答道：「那更不能把妳弄丟。」——因為妳是我的……

那未竟的話語，令他一瞬產生踟躕，指頭卻按得更緊。

——我究竟該怎麼定義對於妳的情感？

六

丁班一行人前往學校附近的KTV包廂慶功。

余笙作為導師，自然被拱上前拿麥唱歌。然而她當日為了提振班上士氣，嗓子早在場邊賣力呼喊時就已沙啞。

接連唱完幾首歌曲之後，她的喉嚨實在疼得不行，於是趁套間的獨立洗手間有人，她便藉口要去外部的公共化妝室，暫且離場。

化妝室內，余笙站在洗手檯前，掬起清水往臉上潑，再以手帕輕輕拍乾殘留的水珠。抬眼一瞧，鏡中映出一張稍嫌疲憊的面容。整天下來，她確實有點倦了，想回家好好休息，但又不願掃了學生們的興。

簡單整理好儀容，她踏出化妝室至過道上。向前走了一小段，她看到過道拐角處站了幾名男子。他們皆在抽菸，味道相當熏人。她生理上作出反應，當場被煙嗆到咳嗽。

男子們聞聲注意到她，其中一人登即皺眉，神色透露出不悅。

「妳對我們抽煙有意見嗎？」

她心裡很恐懼，慌忙左右搖頭否認。

「那妳剛才咳那幾聲是什麼意思？」他還不肯放過，橫眉豎目地朝她逼近。

她嚇得接連後退，甚至想躲回化妝室裡。

「老師。」

一道乾乾淨淨的聲音響起，劃破了氛圍緊繃的空氣。

「之辰……」

她幾乎用氣音喚他，可他依然聽見了。

面對此情此景，陸之辰臉上依然毫無波瀾。「我們全班都在包廂等妳，趕快回來吧。」只是陳述時，他特意加重了「全班」二字，說明她並非孤身一人，他們擁有人數優勢，警告意味十足。

他講完，不等那些男子反應，快步上前執起她的手，將她帶離近乎一觸即發的現場。他徑直地跨步，還越過了班上的包廂。她不清楚他要去哪，但因情緒尚未平復，雙唇動了動，愣是沒發出聲。

陸之辰牽著余笙一路走到逃生梯間，那裡燈光很暗、空氣滯悶，且闃靜岑寂。他一個回身，擁住了她，溫涼的唇貼在她耳畔。

「幸好妳沒事。」

「……謝謝你，之辰。」她甫驚未定，再加上聲線微啞，尤顯綿軟脆弱。

他細細地揉撫她身後的髮絲，順下她的肩胛直至腰際。縱使隔著層層衣物，他的觸摸依然清晰可辨，每一根指頭、每一寸關節，貼著她，小心又溫柔。

她埋著頭，雙眸顫兮兮地盯著他大衣的牛角扣，試圖分散自己的注意力，但她的耳尖不爭氣地發燙，全身也變得沒什麼力氣，只能乖巧地依偎著他。

「余笙，妳會不會覺得我不夠成熟可靠？」

他終究是個少年，心思藏得再深，不安仍在字句之間浮動。

「為什麼突然這麼問？」她以鼻尖輕蹭他肩窩，一隻手搭上他的臂膀。

陸之辰答不上來，深怕那份自卑太過赤裸，不僅僅是她，他自己都嫌棄。

她的眼珠子向上轉，瞥到他喉結上下滾動，似乎嚥下沒說出口的話語。

「之辰，」她稍微離開他的胸膛，曲起手指，用第一節指頭刮了刮他的顴骨和鬢髮一帶。「你怎麼了？」半晌，察覺他沒回話，她的手繼續向上，拂開那切齊於耳骨上緣的髮絲，反覆幾次，便也不經意地擦過他的耳廓，「可以告訴我嗎？」

他愧恧地闔眼，深吸一口氣，呼出的熱息灑落她臉上。

「我……跑完步的時候，看到妳和闕老師有說有笑，不自覺把自己放入比較，包含一切他擁有的優點，以及存在我身上的缺失。」

余笙將右手緩緩攤平，掌心挪回他的面頰，若有似無地覆著。

「我當時在操場邊，是為了幫誰的比賽加油？」

「……我。」

「那你認為，我會介意前後左右站了哪個人嗎？」

陸之辰沒接腔，但以手掌蓋上她的手背。

「家樊剛好排在我隔壁而已，」她踮起腳，縮短兩人的身高差距，「我在乎的是你。」

「對不起。」他放下手，重新環過她的腰，又一次抱住她。

她的身軀僵了一下，隨後也伸手繞過他後頸，「說過的，不需要道歉。」她憑感覺湊上他的唇，淺淺啄了一口，腳跟才回落地面。「我不討厭你吃醋。」她慶幸該處無光，否則她必然不會如此膽大。

他沒料到她會主動吻他，好半天無法作出反應，等他回神，兩臂一收一緊，再往上舉，她雙足剎那離地，雙唇溢出細聲驚呼。

「你在做什麼？」她拍拍他的肩，讓他放下她。

他只是——在克制，擔心自己按捺不住，會把她壓在牆上索吻。

✿

經過旖旎繾綣，兩人都沒心思回到唱歌包廂。

陸之辰的手機從剛才至現在震動了好幾回，但他無暇也無意於有她相伴的時刻管顧。余笙大半身子靠著他，不難發現此事，因而要求他稍微看看手機，檢查是否有急務。他從大衣口袋摸出手機，幾十封訊息全都來自班上的通訊群組，內容不外乎問他和她去哪了。

他書包還扔包廂裡，她的小提包則揹在肩上。他沒辦法，請她在梯間等他，他折返回包廂拿書包，再和她一起離開KTV。

「你要如何向同學解釋我們先走？」論人際交流上的城府，她約莫不及他一半。

「說我要補習、妳有事需回家。」若非他待她太好，她該是怕他能一本正經誆騙的身段。

「不擔心他們起疑？」

每次冷靜下來，她總諸多掛慮，無論是牽累他，或者丟了工作。老師與學生應有的分際，就算刻意將之模糊，也只是一時的自欺。況且，橫在他們面前的，不僅只有道德界線，尚餘旁人的目光、年歲的差距、生活的迥異，無一不是挑戰、考驗，和磨難。

「不怕，」他頂著那張沒表情的俊容，淡淡說了句：「我問心無愧。」

——愛妳，我從來都，問心無愧。

✿

那天晚上，陸佑壬與公司客戶相約於連鎖咖啡廳洽談商務。客戶臨時通知會晚到一些，因此他獨自坐在靠窗的雙人座位等待。

沒過多久，窗外冒出一個小男孩，趴在那兒直盯著他。小男孩一雙眼睛睜得大大的，似乎對他頗為好奇。他並未特別理會，繼續閱讀置於桌面的文件資料，頂多偶爾以眼角餘光睨他。

幾分鐘之後，又來了一名女子，他推估是男孩的母親。她面色歉然地向他點頭，隨即牽著男孩走往街口，等紅燈準備過馬路。

陸佑壬朝那對母子多看了幾眼，好巧不巧，陸之辰和余笙恰好經過街道，而落入了他的視野範圍。他以為自己看誤，不禁瞇起了眼，欲仔細端詳，但他的客人卻在此時抵達。

「抱歉，陸先生，突然有事，來得比較晚。」

他原先扳起的面孔，瞬間掛上職業笑容。「別這麼說，」接著從座椅起身，向客人遞交名片，「很高興能與您討論合作項目。」他雖表現的淡定自若，胸口卻如江海翻倒。也許，——他比預想中更介懷她不再屬於他，只是內心不願承認這個事實。

陸佑壬向來厭惡脫離他掌控的一切。

比如余笙，比如陸之辰，再比如，他當下浮躁的思緒。

第六話，相愛未晚

兩人的相遇，
是幾面之緣的偶然；
彼此的後續，
是日久年深的相伴。

一

運動會結束的隔週二，二年丁班學生原本仍沉浸於歡樂的氛圍，然而早自習發下的段考時間通知單，狠狠將他們從安逸的情境中拖出。

那天早自習除了發通知單，也換了新的座位。季長河與夏詩穎成為鄰座，兩人一左一右，位置在教室倒數第二排中央，陸之辰則在夏詩穎九宮格的右斜前方，唯獨顏帛俞一個人遠在第一排邊角。

早自習一下課，自認身心皆受重創的顏帛俞，一臉憂鬱地拎著通知單向夏詩穎尋求安慰。

「一定要這樣嗎？新座位很糟就算了，下週還得段考。一、二、三……居然一共有九個科目！」

「你講了這麼多，主要想向我表達什麼？」

「妳不關心我一下嗎？」他嘗試捧頰賣萌，藉以博取她的同情。

夏詩穎給出結論：「眼睛痛的話，去保健室讓護士阿姨檢查。」

他聞言只差沒汪地一聲哭出來，心道：人人都講「單身狗、單身狗」，他好不容易脫單，怎有種比之前更加淒慘的感覺，他這是進化成流浪狗了嗎？於是，他轉身尋找屬於流浪狗的新希望，「長河，妳對我的新座位有何想法？」

季長河不假思索，「黑板可以看得很清楚。」

顏帛俞的臉一下就垮了下來，「那……考試呢？」

這回，她停了幾秒才答：「撐完就可以過聖誕節了。」

夏詩穎在旁嗤笑出聲，「你找我們討拍這項行為，就是錯誤的開始。」

他決定轉移話題，「詩穎，妳聖誕節有安排嗎？」

「目前沒有。」

「那……妳聖誕節要不要跟我約會？」

她咯噔地從座位起身，飛快用手捂住他的嘴，「班上同學都在教室，你沒頭沒腦說些什麼呢？」

顏帛俞揪了一撮頭頂的短髮捋了捋，「對不起嘛。」他一向心直口快，「妳也知道，我通常沒想那麼多。」

夏詩穎也並非真要怪他，他願意邀請她過節，她其實很開心，只是希望他能慎重點。

「我們聖誕節一起去哪裡玩吧。」她回的很小聲。

「太棒了！」他雙手握拳，又豎起拇指。

他當下如果化身一隻大型犬，估計能看到蓬鬆尾巴左右擺動。

季長河在旁安靜地望著他們互動，內心不禁有些羨慕。

年末通常是藍耘公司最忙碌的時期，週休二日他即使在家，也須處理工作事務，她實在不好開口央求他一起慶祝。不如——她找份短期打工，買個蛋糕和小禮物送他。

關於打工事宜，她欲請教貌似經驗頗豐的溫南枝。想著、想著，她的唇角微微勾起。

——這是她和他相識第九年的聖誕節。

✿

幾日後，季長河在溫南枝引薦下，開始於放學後前往超市打工。她為瞞著藍耘偷偷執行計畫，不得不聲稱學校有辦聖誕活動，她配合班上籌備需要留校幫忙。

接下來兩週，她一面準備段考，一面還撥空前往打工。每晚返家，她簡單盥洗，再複習一點課業，就累得直接在書桌前睡下。

那些天，藍耘工作也很忙，時常清晨就出門，接近夜半才回到公寓。他見她伏於書桌淺眠，模樣嬌憨可愛，微斜瀏海下是長長的睫，淺淺影子映於下眼瞼，粉撲撲的臉頰從手臂上緣露出一點。他總是捨不得叫醒她，但又怕她姿勢不好，隔天起來身子會疼。當他輕輕碰她的肩，問她：「長河，我抱妳回床鋪睡覺，好嗎？」她原本迷迷糊糊、睡眼惺忪，聽到他要抱她，她總很快清醒，「我、我可以自己走回床鋪。」她起身時，他看到她一側額角印著淡紅睡痕，忍不住抿唇淺笑。

——真可愛。

✿

十二月二十四日，週五，平安夜，也是季長河短期打工的最後一天，下班時間比平時都早。晚間八點左右，她完成工作，領了工資，向期間認識的同事道別。

街衢寬闊，人海蒼茫。盞盞路燈延展長夜，中央光明，邊陲昏沉。她徐徐前行，但步伐輕快、心緒飽滿。她不時把手伸進大衣口袋，捏捏裝有薪資的信封。

今年藍耘與她作約，表示這天他會盡早結束外務，回家陪她過節慶祝。

沿途，她從甜點店買了蛋糕，又至百貨公司購入領帶。

前些時候，她反覆斟酌，究竟該給藍耘什麼禮物才好，後來決定送他實用的物品。領帶看似平凡、不太起眼，可是她相信，日常中，他使用時，或多或少，會想起她。

她希望，在他心裡，她值得被擁有、被需要、被惦念。

二

同一時刻，觥籌交錯的日料居酒屋內，藍耘的意識有點恍惚。桌上那杯淡黃色液體冒著白沫，感覺再不就著杯緣喝一口便會溢出。

周圍的聲音很飄渺，他隱約知道有人在對自己說話，可是他發不出聲音、無法回應。眼前的景物皆在晃，燈光昏昏黃黃，視線裡，一半暗影，一半明亮。

在一切消失的前幾秒，他彷彿看見季長河，還有她眼底的淚。他想擁抱她，告訴她，別哭，她讓他心疼。

然而，當他伸出手去碰，觸及的剎那，她卻碎成破片……

✿

季長河十點多到家，屋裡全是暗的，沒有人在。

那一霎，她的心情隨著整片黑影緩緩坍弛。

她點開手機，捎了訊息給藍耘，只有一封，便不敢再傳，擔心他嫌自己囉唆。

那些不安所帶來的疼痛，逐漸變成了呼吸的空氣，撐得胸口悶脹不已。她倚著牆面，慢慢滑坐在地，手機畫面熄滅了，一室無光。曲起膝蓋，把頭輕輕埋入，小小的、寧靜的空間，並不真的安全。

她從來不怕等，她怕的是等待的前方，什麼也沒有。

——藍耘，你在哪裡？

似乎過了很久，也可能沒過多久。電鈴響了。

季長河緩緩抬起頭，拿起手機，走向大門。踮腳，湊在貓眼瞧了瞧。

門外站著一位陌生的男人，看起來二、三十歲。她又多望了幾眼，發現男人的肩膀上還搭著另一個人。是他，是藍耘。

她心裡的著急體現於開門的表現上，非但解個鎖都不俐落，好一會終於弄開時，又發現鏈條仍扣著，才倉促地拉下。

推開門扉，身前的男人比藍耘稍矮一點，扶著他明顯有些吃力。

「晚安，我是藍耘的同事。」他向她說明狀況：「他喝醉了。請問這裡是他家嗎？」

季長河點頭，內心有點亂，「嗯。」因為她從沒見過他飲酒，更別說喝醉。

「我送他進去吧，」他看她是位身材嬌小的女孩，不認為她能獨自攙扶藍耘回房間。

「他睡哪？」

她伸手開了燈，突兀的光線十分刺眼，四周瞬間白茫茫一片。頃刻的適應後，她領他到寢室，一起把藍耘安置於下舖。

男人離去之前，季長河輕聲致歉：「對不起，還麻煩你送他回來。」

「不，是我們比較不好意思。」男人的眼裡摻有愧色，「公司一群人仗著今天是平安夜，沒有顧及他的意願，硬是拖他去居酒屋聚餐。而且明知他平常滴酒不沾，依然灌了他好幾杯，結果……」

「沒關係，他沒事就好。」

對她而言，他安然無恙，比什麼都重要。

男人笑了笑，「晚安，小妹妹。平安夜快樂。」

「平安夜快樂。再見。」

✿

季長河回屋內後，拿臉盆至浴室盛裝溫水，又將毛巾浸入水中。她端著臉盆走到床畔，屈膝跪坐於側，再將毛巾取出擰乾。

水珠滴滴答答地落回盆裡，猶如她終於沉定的心情。

——幸好你依然在這裡、依然在我身邊。

她凝視藍耘略微憔悴的面龐，伸手輕輕以毛巾拭淨，同時撫觸那過於熟悉的輪廓。

「藍耘。」她低下頭，柔聲耳語。

也只有這樣的時刻，她才敢明目張膽地與之靠近。

朦朧中，藍耘隱約聽到她的輕喚，緩緩將兩眸撐起一條縫。過了半晌，那雙眼才完全睜開，但神態完全不若平日清明。

「長河。」他同樣叫了她，沉鬱聲線乾燥而沙啞。

季長河感覺到他的身軀因攝入酒精而微微發燙。

「需要喝點開水嗎？」

「……先不用。」

「有沒有哪裡不舒服？」她以冰涼的手心貼上他的額頭。

「頭……」他的太陽穴相當酸脹，「不過無妨。倒是我怎麼——」他察覺自己似乎躺在家中的床上。

「已經到家了。」她說。

藍耘乍聽就明白，醉倒的他為同事添了麻煩，也肯定讓她十分擔心，內心頓時自責不已。「對不起，答應妳要早點回來過平安夜，我卻……」他沒想過他會如此狼狽、如此失態。

她搖搖頭，「你的同事說，你被灌了酒，才會不省人事。」

「我——」他欲講些什麼，但又說不上來，只好轉移話題，「你們班聖誕活動準備順利嗎？」他努力壓抑未退的酒勁，試圖讓自己與平日狀似無異。

季長河怔忡須臾，想起沒告訴他打工的事，內心有點不好意思，含蓄地勾起了唇角。

「順利。」

她說話時，那柔軟又濕潤的唇瓣，一開一闔，令他的喉頭感到陣陣焦渴——

——一切發生得過於突然，猶如電影切換場景，加速掠過的空鏡頭。

等到下個畫面出現，他已覆上她的唇瓣輕啄，更甚試探般地張口淺吮。

在失序的唇舌糾纏間，他們交換著彼此的氣息。

藍耘扣著她的後腦勺，幾乎是本能地侵略她的口腔，而她無處躲閃，唯獨一雙手堪堪推著他。很快地，她忘了怎麼呼吸，只能發出微弱細喘。

「嗯……藍耘……不、要。」

季長河還來不及理解這個片段、適應他唇齒殘留的些許酒香，那聲脆弱且破碎的輕吟，就使他澈底從渾沌未明的狀態清醒。他隨即意識到自己犯下了嚴重的錯誤，伸手捉住她纖薄的肩背，硬生生將兩人的距離扯開，彷彿把嵌合的拼圖重新打散。

「……藍耘？」

她眼波氤氳著水霧，連他的面龐都很模糊。她不確定，剛才短暫但激烈的深吻，是否為一場幻覺。僅能不解地偏著頭，攥住被單一角，與他相互凝望。

——然後，她倏地撞進他眼底的懊悔，弄痛了自己。

「我去淋浴。」他說，聲音嘶啞不堪。

藍耘顧不上身體還帶著醺然醉意，猛地起身並跨離被褥走下床。他搖搖晃晃地踏進浴室，扭開水龍頭，將溫度調到最低。

十二月下旬的冷水，如同冰針自花灑紛落，劃破他的肌膚，扎進肉裡。奈何過於深刻的罪惡感，怎麼樣都沖不散。

他深深唾棄傷害了她的自己，也為一連串荒腔走板的行徑感到醜陋。他懷疑體內潛伏了一頭野獸，且那野獸逐漸侵吞他的意志，在方才還完全脫離他的束縛掌控。

✿

寢室內，季長河獨自呆坐床邊，久久無法尋回平靜。

她以拇指摩挲下唇，迷茫地回想他所賦予的吻。

——那吻，最初若即若離、甫碰即逝，繼而他緩緩深入，恣意在她口中汲取，最終……他推開了她。

然而，他雙唇的觸感，依然停留。

三

隔日，聖誕節，一切一如往昔。

他們就像遺忘，哪怕只是裝模作樣。

縱然內心深處產生變化，彼此也都不敢細想。

季長河在廚房裡用小烤箱烤吐司，等吐司邊緣酥脆微焦，取出，抹上奶油和草莓果醬，盛盤，端回餐桌，遞給正在瀏覽晨報的藍耘。

「你的吐司，小心燙。」

「謝謝妳。」

她為他沏了一壺熱柚茶，自己也倒了一小杯。

「頭，會痛嗎？」她問。

「還好。」

其實他宿醉症狀嚴重，頭痛欲裂、冷汗盜冒，但他不願讓她憂心。

儘管誰也沒提起昨夜的事情，房內氛圍仍與昔日略有不同。

季長河小口吃著自己那份早餐，偶爾偷偷看他，當他捕捉到她的視線，她便默默將目光別開。

往復幾回之後，藍耘率先開口：「長河，聖誕節快樂。」

「聖誕快樂。」她放下吃了一半的吐司。

有一點麵包屑沾在她嘴邊，他習慣性地伸出手，欲替她抹去，但當他瞥到一旁粉嫩的唇，驟然憶起那一時衝動的吻，就又把手抽回。

「這裡，」他改而指向自己唇角，「有麵包屑。」

「嗯。」她用指關節將之捻起，再以舌尖舔去。

這一細微的舉止，不禁令他蹙起眉宇。——是她的誘惑，亦為他的無奈。

季長河慢吞吞地嚼完吐司之後，還來不及告訴藍耘她準備了禮物，他就早她一步端著空盤離開座位、走向廚房水槽。他將沖洗好的盤子豎起晾乾，隨後從衣架上的外套摸出菸盒。

她安靜地凝望他取物的手指，再至走動的雙足，最終回歸他的面龐，心跳又漏了拍。她像做錯事的孩子，慌亂地垂下腦袋，而她失措的反應，他一覽無遺。

藍耘以為她在生氣，也認為她該生氣，不禁感到懊惱，想向她致歉，然而——說完「對不起」之後呢？他不知道。後悔是必然的，但實際後悔了什麼，他竟無法肯定。

✿

藍耘到了陽台，打開菸盒，抽出一根，抿在唇間沒有點著。他只穿了一件薄衫，燥熱的身軀卻火燙難忍，抵在欄杆上的指尖則凍到麻木。

才一個夜晚、一個早晨，酒精先把他的理智蒸散，後則將他的臟腑焚燒，但四肢末梢的冰涼，彷彿在為他的不冷靜營造假象。

也許，昨夜擦出的情感猶如燃菸，需要花些時間才會燒盡，除非將其瞬間摁熄，而他——無法那麼做。

沒過多久，他的偏頭痛愈發明顯，從右耳後延伸至額前，似有一條繃凸的硬筋，一抽一抽地緊起鬆下，間歇的刺疼難以忽略。

他像把香菸當成麻醉劑，一根根地開始抽。

未知抽到第幾根，他抑不住喉頭乾癢，接連好幾聲劇烈猛咳，撕心裂肺。

季長河本在廚房削水果，聽到動靜便望向陽台，卻見他弓著背部、撐在欄杆上。她趕忙放下削皮刀，焦急地跑向陽台，拉開紗門。

「藍耘，你……咳咳……」

濃烈的煙味也嗆到了她，甚至逼得眼頭泌出淚水，她模模糊糊地瞥見他腳邊的煙灰缸全是煙蒂。

「長河，妳進屋裡，別過來。」

「你為什麼要這樣？」

藍耘轉身面向她，內心百感交集，慼然、頹喪、愧怍、愁悶，亦有無法繼續視而不見的鍾情。

這麼多年，他的堅強大多因為她，他的脆弱也同樣自於她。不對她懷抱家人以外的想法，是他在她身旁恪守不渝的意念。

如今，他們的關係毀於旦夕，全都因他當下的荒唐魯莽。

這樣的時刻，他卻莫名想起那首歌的後續……

——當我跨過沉淪的一切／向著永恆開戰的時候／你是我不倒的旗幟／愛你就像愛生命

季長河難得強硬，拖著他回房間，把紗門連同玻璃門一齊帶上，關得密不透風，隔絕所有煙味。

「長河……」

聽到他的叫喚，她停下，回眸，他則望見她盈眶的淚水。

這一幕，如他醉酒昏眩前，目睹的最後畫面——

——原來，令她傷心哭泣的人，是他。

「你說過，你會陪著我……如果你——」她講不出「死掉了」三個字，只能低下頭，用手背揉了揉眼周，「如果你離開我，我怎麼辦？」積壓的惶恐憋在胸口，令她有些呼吸困難。

藍耘想抱抱她，使她的淚水止住，但又毫無立場。

「昨晚，你還沒回家的時候，我真的、真的好害怕。」害怕，萬一他不回來了、不要她了，就此消失。她的世界，將宛若夢境那般，在黑暗中瓦解。

「對不起，長河……」

情緒一旦宣洩，就難以遏止，她的淚珠撲簌簌地掉。

「或許，你試圖抹除親我的記憶，可是我一點也不想遺忘。因為我——」

在她道出不想遺忘之時，他幡然醒悟她的悲傷、恐懼、不安、惝恍，以及那份幾乎與他如出一轍的心思。

他伸出食指，輕輕壓在她的唇上，示意她別說話。

「先聽我講件事情，好嗎？」

「好……」她溫順地點頭。

「我親吻妳的當下，是清醒的，而我也──不打算忘記。」他輕輕托起她的面龐，讓她稍微仰起臉和他對視：「我愛妳，長河。」

長久以來，他們陪伴彼此，悄悄走入對方的心。

他誤以為是憐憫，她錯當作是仰慕，兜兜轉轉多少種思緒。

而今，兩人終於懂得，每個有他，或者她，的日子，生命才得以完整。

是喜歡，更甚是愛，一如初見，未曾改變。

──愛你就像愛生命

季長河眼底浮出萬縷千絲的歡喜，氤氤氳氳。可她過於驚訝，反倒沒太多表情，好一會，緩過神，她才重新梳理他的情真，也驀然不好意思起來。她揪了他的衣衫前襟，把頭埋下，結果吸到一大口濃烈的菸草氣息。她皺眉，抬頭瞅他，眼神嗔怪。他一下子會意過來，柔柔一笑，「嫌棄？」

她努了努嘴，「特別嫌棄。」

「那我戒了。」他表情認真。──比起菸，妳才是戒不掉的癮。

「不會難受嗎？」

以前上課有播菸酒防治影片，她見過那些出現戒斷反應的病人，各個神色扭曲痛苦。

「有妳，就不會難受。」

藍耘講出心裡話，她聽著，情意綿綿，愈發赧然。他清楚她的個性，知道不稍微逼著，她不會回應，於是──

在她一聲輕呼之下，他扣住了她的腰，接著俯身，又讓她踮起腳。

「待會如果不喜歡，就把我推開，明白嗎？」

說罷，他兩指輕捏她的下巴，將唇緩緩貼上她的。他吻得很慢，卻深入，似要感受她唇上的紋路、小舌的柔軟、口中的香甜。若非有他的手臂在她身後支撐，她整個人近乎站不住腳。

季長河用纖瘦的前臂勾著他肩頭，勉強掛在他身上。他終究不捨做得過分，沒多久就放開了她嫣紅水潤的唇。她一雙緊閉的眼慢慢睜開，迷迷濛濛，像是弄不明白怎就停了。

「不推開？」他上下撫撥她的髮絲。

她點點頭，一會又搖頭。

他牽起溫煦的笑，「什麼意思？」

她喜歡他，所以任由他親，但總覺哪裡不對。——今天可是聖誕節呀，她還沒給他禮物、他們還沒一起吃蛋糕呢……

他看她似乎思慮著某些事情，故意問：「在想誰？」

「我、我……在想，今天是聖誕節。」她說這話時，逐字咬的清晰，無辜可愛。

藍耘一瞬還真有點噎住，——原來他的表白輸給一個節日。那最初強烈的慾望淡了下來，回歸較為沉著平靜的常態。

「的確是聖誕節。」他回應她，眉宇微垂。

「嗯，」她的雙眸因為笑意而瞇起，「我有禮物要送你。」

✿

季長河躂躂地踏著小碎步去拿禮物，藍耘則坐到雙人沙發上等她。

不一會，她抱著一只小提袋，站到他面前。「送給你。」

「現在拆？」他接過顏色雪白的袋子。

她伸手比出「請」的手勢，「對，現在。」

藍耘鬆開袋口銀色的蝴蝶結，從裡邊取出一個米白長方形盒子。盒子表面綴有細細的寶藍色緞帶，輕輕一抽，緞帶脫落，他揭開盒蓋。盒內是淺灰的絨布，絨布上放著材質良好的墨藍色領帶。

「謝謝妳，但妳怎麼有錢買這樣禮物送我？」

她沒辦法，一五一十告訴他實情。他聽著，感動也心疼，又氣自己沒注意。

「怪不得妳前陣子總是晚歸。」

「嗯，」她莞爾，「希望你喜歡。」

「怎麼可能不喜歡。」他把她撈到腿上，「我其實也有準備妳的禮物。」他一個起身，連她一同抱起，「走，我們去拿。」

季長河要他放下她，「你身體狀況不好，不是嗎？」她知道他力氣很大，但他剛才還咳成那樣子，她實在怕他太過逞強。

「沒什麼。」他單手扛她並不覺得吃力。

「你、你要帶我去哪裡？」她見他一步步向前，不由地有些緊張。

他簡潔明瞭地答覆：「寢室。」

這種時刻，簡潔明瞭和簡單粗暴無異，尤其他還摟著她。她腦海中晃過各種少女漫畫情節，臉蛋又騰地發燙。

藍耘確實把她安置於床上，但下個步驟是讓她坐好，再無其他意圖。她愣愣地坐在床沿，看他背過身，拉開五斗櫃抽屜，從裡邊搬出一只扁型大紙箱。

「來，妳的聖誕禮物。」他將紙箱交予她，「有點沉，拿好。」

季長河撕開紙箱外的透明膠帶，往箱中瞧了瞧，發現內部塞滿了氣泡紙。她的手慢慢探入摸索，很快觸及一個包裝盒，把它從底部抱出。

「啊，這個是……」她眨眨眼。

「筆記型電腦。」他輕撫她的頭，「看妳查資料時，經常盯著手機小小的螢幕，而且打字方面也不那麼方便。」

她捧著筆電外盒，兩手有點顫抖。

「這個禮物太貴重了，藍耘。」

他眼神灼然，「沒妳貴重。」

✿

等到季長河再度反應過來，手裡一輕，筆電已被取走。覆於她手心的，是他的大掌，但那溫度相較平時低了些許。

「你要不要多休息？」她猜出他可能不舒服。

「不用。」

他的頭確實很疼，可是不久前才向她訴說心聲，他不願闔眼，只盼能多看看她。

「真的不用？」她不放心。

藍耘轉念一想，「陪我嗎？」

「陪你？」

季長河話音剛落，他稍微傾身，她便承受不住他的重量，向後仰倒。他兩隻臂膀撐放她身側，隔著一小段距離，將她困於身下。

「你、你……唔……」她太過慌張，才沒講兩個字，就咬到自己舌頭。

「我怎麼了？」

他的氣勢迫人，配上富有磁性的嗓音，彷彿一頭英拔的雄獅，而她是誤闖森林的白兔，被他按在掌底，待被生吞。她兩隻小手縮在胸前，一副動也不敢動的樣子，乖順的令他充滿罪惡感，實在不好繼續捉弄。

「陪我睡一會。」他說著，拉起棉被，側身在她一旁躺下。

她背朝他，自認沒看到他的臉，心跳就不至於那般強烈。未料事實正好相反，他的吐息掃過她的後頸，徒令她更加羞澀。她沒辦法，唯有轉身面對他，卻見他嘴角噙著淡淡笑意。

「我還沒聽到妳的答覆，睡不著。」他用道貌岸然的模樣對她耍無賴。

她決定裝作聽不懂，「什麼答覆？」

他清楚她怕癢，兩根拇指抵上她腰窩，「嗯？」明明只是單一個音，倒與脅迫無異。

「你怎麼可以——」針對她的弱點。

季長河終究沒把話講完，就被他撓了兩下，而立刻左右掙扎。他未接著撓，但把她箍進懷裡，鼻尖於她左耳廝磨。

「還是不說嗎？」

她聽出他的語氣多了幾分失落，更甚為哀求。

「我……」她雙唇微啟。

藍耘察覺她神色為難，並不想勉強，釋然地碰了碰她的側頸，「沒關係。」等她，多久都無妨。況且，有些話語，即使沒說、即使不說，他們皆用各自的行動傳達。是他貪了，貪那一句——

「我愛你，藍耘。」

她的聲音很小很小，頭埋得很低很低。

他怔了下，情難自禁地摟緊她，像要把她嵌入自己的軀體。——我也是。

✿

兩人的相遇，是幾面之緣的偶然；彼此的後續，是日久年深的相伴。

——跨越了九年光陰，他們相愛未晚。

四

聖誕節，本該是安靜的日子。往年的這一天，溫南枝皆獨自度過。

然而，午間一通電話、一聲問候、一封訊息，讓她明白，今年的這一天，有所不同，因為他。

溫南枝趴在家中沙發上，身下壓著一顆抱枕，兩隻小腿翹起前後輕晃。她戳著手機，回覆闞家樊的短訊，信中，他問她要不要在他家過聖誕節。

南枝：今天好冷，我不想出去。

她一方面覺得戶外太冷，一步都不想踏出家門；另一方面則是害羞，她沒料到他會提出邀約，一點心理準備也沒有。

家樊：如果妳不怕父母突然回家，我到妳家也行。

她暗忖，比較該擔心的人，不應是他嗎？他怎麼有恃無恐的樣子？她又想了想，興許是他個性使然。她相信，即便天塌了，他仍可以笑著說：反正不會第一個壓我身上。

家樊：妳不回應，我就當默許了。

南枝：慢著、慢著，你也太沒耐心了吧。

家樊：我這叫追求效率。

南枝：我會去你家，你待著，別亂跑。

家樊：什麼時候過來？

他先前的訊息一併發了住址，她知道他家其實不遠，但她的方向感不太好，估計需把尋路的時間算進去。

南枝：最快還要一小時左右，我得換衣服、搭車、找地點。

他未再傳送文字，取而代之的是一段語音。她把手機貼向耳朵收聽，當那低沉又透著慵懶的錄音傳出，她兩腮微紅、指尖發麻。

——「我等妳。」

✿

溫南枝平常從著裝至出門，僅需花費十幾分鐘，然而今日整個過程非但不順利，還遇上各種煩心的問題。她首先糾結該穿什麼衣服，接著又認為頭髮不夠柔順，應該重新吹整打理一番，最末甚至快速地沖了涼。

經過四十多分鐘的手忙腳亂，她終於來到家門口，但她跨出門檻的瞬間，赫然驚覺自己兩手空空，忘了準備闕家樊的聖誕禮物。她不想讓他露出失望的表情，因而深深陷入苦惱之中。

樓道霧氣濃重，樓外天雨欲落，她似被輕紗包裹，潮濕的涼意沁入肌膚。

她杵在門前許久，隨時間一分一秒流逝，她明白不該再拖延，只能自我安慰：也許沿路上逛逛櫥窗，有機會尋得合適他的禮物。不過——

——他喜歡什麼呢？

她忽然發現，她對他的偏好竟一無所知……

思至此，她難免有些低落。

當她搭乘電梯下樓，步步踏向大門，在那裡，她瞧見一抹修長的身影。

「好慢啊。」

闕家樊站在門外，嘴邊溢出如煙白霧。他的話語雖若抱怨，口氣卻無絲毫不耐，反而猶有幾分寵溺。

「你為什麼來了？」她把欄杆式的大門往旁推開，「不是我要去你家嗎？」

「來接妳。」他左手斜插在口袋，另一隻手碰了碰她柔軟的臉。

他難得這般坦率，讓她不太適應。

溫南枝嗔道：「我以為你會說，怕我迷路浪費時間。」

「也確實是。」他笑著，「說不定天都黑了，我還盼不到人。」

「你站多久了？」她忍不住問，因他觸及她面頰的指尖相當冰冷。

「沒多久。」

闕家樊聲調如常，但她能聽出他在撒謊。

「對不起呀……」

他揉揉她的後腦勺，「幹嘛道歉？」

「沒什麼。」她瞄了眼他拆下石膏的左手，「左手的傷好了嗎？」

「暫時還不能拿重物，但生活沒什麼問題。」他把左手抽出口袋，在她眼前握拳又鬆開數回，示意自己已無大礙。

「嗯。」她明白他的用意，卻還是有點過意不去。

「上車吧。」他指著大門外停放的深灰色轎車。

溫南枝睜大眼睛，「上車？」

「我開車來。」他邊說，邊將她推向副駕駛座，又為她開了車門，要她坐進去。「免得某人怪我不夠體貼。」講完，看她併攏著的腿確實縮進車裡，他才輕輕把門關上。

闕家樊坐上駕駛座，繫好安全帶，踩下油門之前，他察覺她不僅一臉茫然地望著他，更沒繫妥安全帶。他側過身子，「要我幫妳綁安全帶嗎？」

她「呀」一聲，如夢初醒，急急扯過安全帶。「我、我自己會弄。」她無論如何都不敢承認，自己一度看他看得出神。

他瞧她慌慌張張，直覺得可愛，而他也不打算隱瞞。

「南枝，妳真可愛。」他湊到她頰邊，親了一口。

她本抓著安全帶的手隨即鬆開，「闕——」

「我不是闕老師。」他將額頭抵上她的，打斷她說話，「既然不在學校，就叫我家樊。」

溫南枝避開他的視線，嘴唇動了動，始終沒講出那兩個字。明明很簡單的事情，擺在喜歡之上，就變得困難重重。

他見好就收，暫時沒有為難，但也僅僅是暫時。「沒關係，到我家再說也行。」他替她扣上安全帶，「我會盡量開慢一點。」看似柔情的話語，由他來說，莫名顯得壞心。

✿

十分鐘後，他們抵達闕家樊居住的大樓。

那棟樓外圍有一整片腹地廣大的森林花園，公共空間更設置了水池、泳道、撞球廳、影院、宴會包廂等，且到處都有管理員和保安，戒備十分森嚴。

溫南枝對於此情此景錯愕不已。

在她心裡，闕家樊就是位普通的高中教師，即使偶爾態度輕浮玩味、舉止神祕莫測，但怎也不會與這般奢華的場景連結。——他不會是傳說中的富二代、富三代吧？她腹誹。

待車停好，她跟在他身後慢慢地走，情緒忐忑。她有點想捉住他的衣袖，又覺周遭都是視線，不好意思那麼做。

闕家樊恰好回頭，察覺她有些侷促，主動攤開手掌，「牽著吧。」

「嗯。」她點頭，把自己的小手放至他掌心，他很快收攏手指，鬆鬆地握住。

到了電梯間，一位男性管理員替兩人刷了樓卡，讓他們順利進入電梯，接著又朝他們深深鞠躬。

她不適應這樣的待遇，心裡感到格外彆扭，因而抬眸偷偷瞥他。她發現他神色淡然，手掌握著她的力道卻緊了幾分。

電梯門於二十樓開啟，映入眼簾的是挑高的樓板，以及幾盞雕花精緻的水晶燈。乳白大理石砌成的空間相當明亮，但同時也冰冷無溫。

闕家樊解開密碼鎖，推開大門，邀她進屋。屋內採現代風格的簡約裝潢，主基調為米白色，地板全都使用木頭。也許是他的私人物品不多，她覺得整個房子略顯冷清而孤寂。

「你一個人住嗎？」

「嗯，」他在她脫鞋時，說：「妳可以不用穿大衣，我會開暖氣。」

相較剛才，她發現他的表情柔和許多。

他要她隨意挑一張喜歡的沙發坐下，自己則於相鄰的廚房泡茶、準備點心。

「我來這裡會不會造成你的困擾？」

溫南枝顧盼四周，愈覺格格不入。

「怎麼會。」他端了一杯熱奶茶給她，奶泡上還浮著幾顆棉花糖。

「謝謝。」她接過馬克杯，「你的表情一直很緊繃，現在才稍微好一點。」

「抱歉，」他苦笑，「不自覺就……」

她小心翼翼地問：「你的親人是不是很有錢？」

「為什麼這樣問呢？」

她並未正面回答他，「我今天來你家嚇了一跳。」她講著，沙發忽然從旁陷下，是他改而坐到她身邊。

「當老師純粹是我的興趣，」他勾起自己那杯黑咖啡，就著杯緣啜了一口，「我真正的工作是外匯投資和理財顧問。」他解釋完，微笑看她，「這樣，妳的疑惑得到解答了嗎？我不是富家子弟。」

她被他看得不好意思，還嗆了一下，連著咳嗽幾聲。他放下杯子，伸手為她拍背順氣。

「還好嗎？」

溫南枝吸吸鼻子，輕輕搖頭。

「不是第一次了……」她有些沒頭沒尾地開口：「我覺得自己不夠瞭解你，而且離你好遠、好遠。」她咬了咬嘴唇，「……我甚至不清楚你為什麼喜歡我。」

「想知道？」他挨近她，聞到一股淡淡的馨香。

「我擔心你只是跟我玩玩……」她是真的很怕，把心交出去，換得累累傷痕。

「玩玩？」他盯著她，說不出是什麼神色，不像慍怒，但語氣比平時都冷。

猝不及防，在她反應之前，眼前景物驟變。她一雙細腕被他單手扣住拉至頭頂，身軀則因體型和重量差距遭他摁在沙發上仰躺。

「闕老師……」掙扎間，她見他的薄唇抿成一線。

「說過的，叫我家樊。」他挑起她的下巴。

她雙頰滾燙，但活動受限，逃不了，無論是他的手，抑或目光。她明白，若不乖乖叫他，他大概不會鬆手。雖有點不甘和無奈，她仍紅著臉低喚：「……家、家樊。」

話語一出，他生著薄繭的掌，竟從她衣襬探入。她本要用膝蓋頂他，可是瞥到他的左手，又尋思那句「玩玩」約莫傷了他，就遲遲沒有動作。

「不反抗？」他這聲詢問輕得有點沙啞。

縱然她眼波迷離、水光中透著畏怯，仍搖了搖頭，「你的左手還沒痊癒……」

其實目睹她眼角微紅的轉瞬，他立刻就心軟了。無論指下的肌膚多麼滑膩，他依然知曉不該繼續。後來，當他聽到她沒亂動，是顧及他的左手，自責尤深。

——他怎突然跟那兩字較真，沉不住氣對她出手？

闕家樊把手從她的針織毛衣抽離，再將衣襬重新拉好，「笨蛋。」罵她，也罵自己。她緩緩撐起身子，重新坐好，然而他大半個人還離她極近，姿勢相當曖昧。她正要他讓開，他卻抱了抱她，下巴輕偎於她肩上。

「對不起。」他的氣息包圍著她，「妳很害怕吧，是我不好。」

「沒關係，該道歉的是我。」她的聲音自他微敞的領口響起，「我明白你不是玩玩，但我很不安……講了令你難受的事。」

「妳想知道關於我的什麼？」

「全部。」她悶悶地說。

「妳確定？」

溫南枝清楚他話裡有話，細聲呵斥：「不正經。」

他旋即笑笑，未再逗弄她，坐挺了背脊。

「闕家樊，二十七歲，身高一米八三，體重六十七公斤，家人有父母和一位妹妹。有房有車，但不是富二代。一年前開始，喜歡一位粉毛小傲嬌。」

她手支在膝蓋上，托著腮幫子，撇撇嘴：「你除了性格上頗有瑕疵，其他似乎問題不大嘛。」說完，她又覺哪裡蹊蹺，「不過，一年前開始是怎麼回事？」即使她不願承認自己傲嬌，可是為了問他詳情，她只能暫且認栽。

闕家樊反問她：「妳還記得第一次在何時何地見到我嗎？」

「高一的入學典禮。」她追溯，「印象沒錯的話，地點應該是教學樓頂層。莫非你當時——」她驚訝地張了張嘴。

「是啊，我就在那天被妳迷了心竅。」

✿

一年多前，新生入學典禮——

禮堂中，校長正在台上演說，內容冗長枯燥，偶爾還搭配幾聲咳嗽。整場典禮不僅學生昏昏欲睡，身為教師的闕家樊亦是如此。

他稍微觀察了帶班學生，各個似乎還算安分。應該說，入學第一天，無論是哪位學生，通常都很乖巧文靜，後續才會原形畢露。於是他以上述理由，說服自己離開現場。

闕家樊確定沒有別班老師注意他，索性慢悠悠地晃出禮堂。沒過幾分鐘，他發現明目張膽站在禮堂外還是略嫌囂張，該找個隱晦一些的地點避一避。他環顧一圈，教學樓座落於斜前方不遠，他估摸那裡的頂層不會有人，便沿著操場外緣繞了過去。

出乎他預期，教學樓頂層站了一位女學生，她背對著鐵門，慵懶地倚著欄杆。

——翹掉入學典禮還真大膽。他在心中嘀咕，忘了自己沒資格說別人。

他慢慢走近她，基於好奇，以及無聊。

溫南枝當日衣著規矩，臉上沒有任何妝容，除了突兀的淺粉色長髮，整體為一位清秀靈動的女學生。

如果，要定義他對她最初的印象，便為一眼深刻，再瞥留心。

「你也翹掉入學典禮嗎？」

她見他靠近，不避諱地搭話，與那高冷的容貌襯出反差。

他不避諱地坦白：「對。」

其實她沒有認真端詳他的長相，只知道他比自己高出許多。

她遞出一根棒棒糖給他，「你要吃嗎？」同為翹掉入學典禮的夥伴，她決定分享甜食以示友好。

「妳這是拉攏老師當共犯？」

「老師？」

溫南枝聽到他的自稱嚇得不輕，開始仔仔細細地打量他。闕家樊外貌的確非常年輕，但仍相較同齡男孩成熟許多。她在書裡讀過，人們走過的歲月，會刻畫於雙眸，無法隱瞞，他漆黑如墨的眼，透露他已不再天真。

他托著自己下巴，唇角上揚，「很驚訝嗎？」

「一點點……」

「所以說，棒棒糖呢？」他把手伸到她面前晃了晃。

她不明所以，「嗯？」

「不是要分我吃嗎？」

她還真沒見過這種老師，「……給你。」

闕家樊拆開包裝紙，把棒棒糖含進嘴裡。

「多謝招待。」

✿

關於入學典禮的偶遇，溫南枝僅有依稀記憶，闕家樊卻對她印象清晰。

學期開始的日子，他頻繁地見到她。

地點主要有三——教學樓頂層、學務中心、訓導處。不過大多時候，她都在挨罵，因此沒有察覺他的視線。

整間辦公室的教職員，幾乎都視她為頭痛人物。每當談論到她，話語盡是尖酸的批判，但他並未受到影響，或跟著對她抱持偏見。

闕家樊時常聽見責備她的內容，瞭解她真沒做過什麼壞事，就是染了頭髮，偶爾翹課早退、時不時偷用電子產品。每回只要師長提起「通知家長」，她都會流露嘲諷的笑。

他透過乙班導師得知她的狀況，包含她家庭的漠不關心、她性格的倔強彆扭、她人際的淡漠疏離。他從最初對她心生憐憫，至後來無法置之不理。

當察覺這份情感是喜歡，他比她更加痛苦。

戰戰兢兢，只敢遠觀，即便接近，她總迴避。

他也曾是有稜有角的少年，討厭學校、討厭管教、討厭束縛；如今立場轉換，他已成為老師，就算不擺出架子，盡量和學生融洽相處，兩者終究相距遙遠。他並不奢望她回應，更甚想過，她若畢業，他就淡忘她。然而——

一次次目睹她的脆弱、她的無助、她的逞強，他想保護她的心思愈發強烈。

最終，他決定放手一博，哪怕結果很糟，都比未來後悔沒爭取好。

他的身分無疑是老師，但在那之前，他也是個男人，有喜好，亦有追求。

他確信自己並非什麼好人，不過肯定是位珍惜她的人。

✿

得知闕家樊單戀自己將近一年，溫南枝除了震驚，眼眶又湧起一股熱。在她矇著頭追逐陸之辰時，原來他一直默默地凝望著她。

「你為什麼不早說？」

「我不認為說了，妳就會看向我。」他耐心陳述：「結果能好，就好了。」中間的過程，他不在意。

從前認為的理所當然，現在回想起，倘若是錯過，該有多麼難受。所以毋須計較和權衡，並不值得，而且心會隱隱作痛。

闕家樊瞧她若有所思，覺得該換個話題。

「南枝，我想了很久，決定送妳這個當聖誕禮物。」

他從長褲口袋拿出一樣小東西，放進了她柔軟的掌心。

她將手抬起，看了看，「磁卡和鑰匙？」

「我房子的，妳以後想來就來。」

「你房子……」

溫南枝沒發現自己在掉眼淚，他的指腹就已摸上她的臉。

她不是舉目無親，卻似寄人籬下；她並非不與誰近，而為無所依靠。

唯有他，不顧她渾身帶刺，心甘無聲地等待，情願溫柔地接納。

「不一定要是節日，寂寞了、想哭了，就來找我，我會在。」

他深知，她所缺的，其實是陪伴，他欲成為她的歸宿。

她以雙手攥緊他給的鑰匙，訕訕地開口：「……家樊，我忘了準備你的禮物。」

闕家樊本想捉弄她，要她給點補償，但見她一臉懊惱，就打消了念頭。

「沒事，我不圖別的，」他吻上她的眼皮，「就圖妳。」

此刻，房裡正放著輕快的鋼琴曲，他識得那旋律，附於她耳畔輕哼。

——你是聖誕老人送給我／好孩子的禮物／你是三千美麗世界裡／我的一瓢水

五

補習班下課已近十點，陸之辰猶豫該不該去找余笙。

很多東西是明確的，包含方向，以及她。

他站在公車站牌下方，往手機輸入幾行文字，但按下發送前，又逐一刪去。他實在不太擅長傳簡訊，習慣有話直說，雖然他話也不多。

公車緩緩靠站，他乘上，在一處空位坐下。
這輛公車的行駛路線，到他家之前，會先經過她的住處。相隔兩站的距離，說近不近、說遠不遠。
抵達她家附近的站牌時，他刷了悠遊卡下車。
不到幾秒，他察覺自己過於冒失，竟沒有任何通知即來找她。他佇足於她公寓樓下，想著，稍微看一眼她居住的樓層便好。就在這時，他外套裡的手機忽然發出規律震響。

余笙：我看到你了。

他訝然，仰頭，發現她站在三樓的露台。

之辰：別靠著欄杆，太危險了。
余笙：你上來，還是我下去？
之辰：妳快回屋裡，我上去，不要吹風。

她勾起微笑，把手機貼在唇前。

✿

在陸之辰按下電鈴之前，余笙已從門內走出。

「我以為今天見不到你了。」

不光是她，其實他也是。

「怎麼會站在露台？」

「許願。」她彎著眉眼，笑得很輕。

他垂眸，「許願？」

「然後我的願望實現了。」——因為他真的來了。

夜色襯她膚白如雪，他望著她微微出神。那單薄的身板、纖細的四肢、精緻的面容，以及紮成一束鬆鬆的褐色髮辮垂墜左胸前。眼前的一切，彷彿一幅畫，又似一場夢。如果是夢，他不想醒了；如果是畫，他只盼走入。

余笙發現他木著神情，一言未發。

「不想見我嗎？」她鼓起一側臉頰，佯裝不滿。

「怎麼可能。」他笑了，雖然淡到難以辨別，「對了……」他把書包從背後挎到身前，又拉開拉鍊，「這個送給妳，聖誕快樂。」

「不是讓你別送我嘛。」她顧及他仍是學生，過節前就千交代萬叮嚀，不希望他花錢買東西，彼此像平常一樣就好。

「很小的禮物。」他一隻手搭在門扉上，「余笙，我能進屋嗎？」

「原來小禮物是跨入門檻的過路費。」

「是。」他順著她的話說。

「那好像有點太便宜你了。」

他低聲安撫，「我等等彌補，行嗎？」

「好吧，讓你進來。」她故作勉為其難同意的樣子。

「打擾了。」

當他繞過她，一陣冷風撲面吹拂，她立刻明白，他一直在為她擋風。

✿

余笙獨自租屋，室內坪數不大，布置基調採暖橘色，整體空間十分溫馨。

他們席地而坐，陸之辰看著她拆禮物。她的動作很輕巧，緞帶抽得小心，又拿了美工刀，將包裝紙沿著邊緣慢慢割開。除卻一點點殘膠，外包裝在禮物拆開後幾乎完好無損。

他不催，靜靜地等，但她被盯得不好意思。

「你別這樣看我呀。」

「這樣是哪樣？」

他問她的同時，脫下了自己的大衣。

余笙支支吾吾：「就……」

然而，她話還未講完，身上就被蓋了他的外套。

「就算屋裡比較不冷，妳也穿得太少了。」

她寬寬鬆鬆的水藍小熊睡衣是很可愛，但他怎麼瞧怎麼不保暖。

「我以為你嫌棄我穿成這樣呢。」她知道，以她的年紀而言，這種款式的睡衣確實幼稚了點。

比起那些引人遐思的睡衣，他寧可她穿裹得嚴實的衣裳，清清純純的很適合她。

「我覺得挺好。」

他沒騙她，是真那麼想，偏偏她不信。

在他面前，她是真有點自卑。他年輕俊俏、眼神冷冽、五官立體分明，身材結實高挑、手腳靈活、頭腦聰明，且於多數時候沉著到不可思議。反觀她——

陸之辰見她拆禮物的手停了下來，「怎麼了？」

他問話的聲音很柔，讓她莫名想哭。他真的對她實在太好，她完全不敢想像失去，也不願回憶逃避他的過往。

終於，禮物的包裝紙澈底脫落，內部有一金屬圓盒裝的巧克力，八十六％的黑巧克力，是她喜歡的甜苦滋味。

「能分我一片嗎？」他開口央求。

余笙瞇起眼睛，「哪有人送完禮物立刻要求分享。」——這人進門前還說要彌補她，結果別談彌補不彌補，居然跟她搶起了巧克力。

「一片就好。」

「好吧。」她不太情願地揭開盒蓋，取出一片放到他手裡。

陸之辰撕開亮面的外包裝，「很委屈？」

「對。」她會如此委屈實乃捨不得拆，想完整收藏著多欣賞幾天。

他把巧克力片含入口中，閉眼，湊上前，將指頭穿過她的秀髮，托住後腦勺，再以自己的唇，貼上那兩瓣柔軟。一股苦中帶甜的滋味在兩人唇齒間化開，他輕輕吸吮她的小嘴，似在品嚐。

一吻結束，他舔了舔下唇，意猶未盡。

「這樣的彌補，可以嗎？」

陸之辰臉不紅、氣不喘，如同無事發生。

「你——」她的唇色嫣紅水潤，還呵著熱氣。

他明知故問：「不夠？」他並非無欲無求，而是除了她，別無所求。

余笙推了推他，「夠了、夠了。」聲音又細又軟。

身前的少年，眼神赤誠、神色無畏，外表如寒冰，內裡似烈火。

他是她喜歡的少年，亦為屬於她的少年。

她告別了前半生，只為與他彼此相依。

六

如果說，第一次是偶然一瞥，那麼第二次……

陸佑壬站在余笙住家樓下，抬眸凝望那屋內的微光。

第一次，他可以說服自己，她和陸之辰只是偶然相遇，才會走在一起；第二次，他無法繼續自欺，她笑著向陸之辰揮手，而後者便上了樓。

——有什麼歪斜了。

包含無以名狀的情緒，以及——長久棲息於他心底的無數暗影。

✿

暗影，最初是一隻蝴蝶。

一隻碎在他掌心裡的，蝴蝶。

那年，陸佑壬剛升上小學二年級，最喜歡學校中庭顏色絢爛的夏蝶。他可以坐在石階上，用眼神追逐著牠們一整個下午。

某天，他察覺蝴蝶飛離了中庭，且不再回來，一股難以言喻的失落，充斥了他年幼的心靈。他無法理解，牠們為何不願意為他停留。

於是，他探出雙手去捉，捉住一隻斑斕彩蝶。

他將掌心稍微合攏，留下恰能容納蝴蝶撲騰翅膀的狹小空間，並用兩隻拇指做出一個窄縫，再把其中一隻眼湊近，觀察裡側生命的掙扎顫動。

當他鬆手，蝴蝶立刻翩然飛出。他把掌緩緩攤平，又慢慢握起，反覆數次。

他忽然明白，自己渴望擁有的實感。只是他當時還太小，無法確切形容內心的想法。

他又抓了一隻蝴蝶，也知道，一旦放開，蝴蝶就會離去，因此他緊緊地交握了指掌。

沒過多久，他發覺掌心莫名黏滑濕潤，還有一種粉狀的奇妙觸感。他把交扣的指節方向朝地，透過掌根的罅隙察看蝴蝶。

——支離破碎。

已經看不出原貌的蝴蝶，就那樣，於他掌心粉碎。他凝視一動不動的蝴蝶，心裡未有絲毫恐懼，反而享受著征服的愉悅。

——唯有摧毀，才能真正獲得。

✿

隨著年歲增長，陸佑壬從書中獲知反社會性格的介紹。

無論是「自我感覺良好」、「渴望被需要」、「追求刺激」、「不願傾聽」等，幾乎都清楚描述了他特質的雛形。

他的心就像一道蒼白的牆，拒人於千里之外，且不時投射殘虐映像。不過他懂得藏匿、懂得偽裝，懂得盡可能融入背景環境。他知道那堵牆矗立於荒野，哪裡都沒有盡頭，也不會有終點。他不介意別人嘗試走向他，因為沒有人得以真正抵達。

這段時間，他尤其喜歡毀滅經過他的美麗事物，再狠狠佔有。

然而——

如今他緊握的拳頭裡，空空如也。

既沒有蝴蝶，也沒有余笙。

當他認清自己耿耿於懷，卻已失去一切。

第七話，所有患得患失

關於我，
你會花多久時間記得、
多久時間遺忘？

一

學期進入尾聲。順應期末考到來，校園氛圍靜寂。

不過，總有人捱不住這樣乏味的大環境——

放學前，顏帛俞站在陸之辰座位旁的走道，左手一本選修化學，右手一冊選修物理，眉頭擰出深深的褶皺。

「之辰，我感覺我要死了。」

陸之辰面目如常寡冷，掃一眼他手上的書，淡淡地說：「腦細胞嗎？」

夏詩穎聽聞他們的對話，當即笑出了聲，「誰讓你平常不讀書，現在才臨時抱佛腳。」

「我外務繁重，妳應該多體恤點。」

顏帛俞回過頭，甩了甩手裡的書，幅度還挺大，只差沒扔飛出去。

「你倒是說說有哪些外務？」她瞅他。他掰著手指數給她看，「田徑隊、排球隊、偏鄉服務隊……」他停頓須臾，又道：「啊，還有打電動和朋友組隊。」

「你前三個活動還說得過去，最後一項就是浪費時間。」

「呿，我需要調劑身心啊。」他無奈聳肩，接著向陸之辰求救，「之辰，這週末一起讀書複習，好不好？」

「不好。」陸之辰拒絕得直接乾脆。

面對他的漠然，顏帛俞仍鍥而不捨，「朋友一場嘛。」他嚷著，還用胳膊頂頂陸之辰的肩膀，「借我筆記就好，我保證不吵你。」

「……」

「這樣好了，我們化學實驗小組組成週末讀書會吧。」他兩手一拍，「所以，成員有：我、你、夏詩穎、季長河。」

季長河原本在寫英文作業，聽到有人叫自己的名字，愣愣地抬頭。

「就這麼決定嘍，這週六早上十點來我家吧。」

顏帛俞自說自話，也不管有沒有人回應。夏詩穎拿他沒轍，轉頭和一旁的季長河簡述了始末。季長河並不反對，在哪裡讀書一向對她影響不大。

問題是，陸之辰——

顏帛俞嘗試軟硬兼施，「兄弟，其他成員都答應了耶，你怎麼這麼不合群？」

陸之辰實在被他煩得夠嗆，索性「嗯」了聲打發他。

「我當你同意了，記得一定要來啊。」他把兩本講義疊在一起，前後揮動了幾下。

於是，一場期末讀書會，莫名成為定案。

✿

週六早晨，夏詩穎抵達顏帛俞住家時，季長河與陸之辰已在門口，她急忙小跑步過去。

季長河手捧一本書，斂著眼眸專注閱讀，她的眼睫隨翻動的書頁輕顫，絲毫未察夏詩穎走近。陸之辰則杵在一旁，下巴一部分埋在圍巾裡，他罕見地沒在念書，單手滑著手機。他注意到腳步聲，但也僅是瞥她一眼，繼而又低下頭，一貫的沉默。

那一刻，夏詩穎覺得眼前的兩人其實很相似，對外界始終保持疏離的態度，像被一層玻璃遮罩隔絕。

「你們怎麼不按電鈴？」她出聲詢問兩人。

「……沒想到要按。」

季長河將一張書籤夾入紙頁，戀戀不捨地闔上書籍；陸之辰沒有接話，只把手機塞進長褲口袋。

「不會冷嗎？」

夏詩穎實在被他們打敗。

被她一提醒，季長河才如恢復覺知，「的確有點冷。」

「真是的。」她輕歎。

夏詩穎按了兩下電鈴，顏帛俞很快為他們開門，但他一身便裝，頭髮還有點亂，更睡眼惺忪。

「歡迎各位。」他說話時打了一個大呵欠。

她見狀，忍不住問：「你不會剛起床吧？」

「怎麼可能。」他笑得有點尷尬。

「下巴都還沾著牙膏。」

「真的假的？」他摸了下巴一把。

「說笑的。」

顏帛俞一面抱怨她無故耍他，一面讓三人陸續進屋。

名義上雖然稱作讀書會，但從四人圍坐於餐桌開始，整體情形更像陸之辰的課程筆記分享會。他的筆記字跡端正整齊，經過整理的內容亦詳盡易懂。

顏帛俞翻閱著筆記感歎：「有部電視劇叫《我們與惡的距離》，而我現在感受到的是——我與學霸的距離。」

「依我看，距離的計量單位應該是光年。」夏詩穎忍不住吐槽。

陸之辰塞著耳機，未知是真沒聽見，或者單純不想理會他們。

夏詩穎用螢光筆末端點點桌前攤著的數學自修。

「長河，妳擅長什麼科目？」

季長河思索片刻，回道：「國文和化學。」

「真好，我擅長英文而已。」她無奈地盯著自修上的公式，「數學還特別糟糕。」

「沒關係，我可以教妳數學！」

談到數學，顏帛俞就生龍活虎，他所有科目幾乎都遊走於及格邊緣，唯獨數學就算沒怎麼準備，仍照樣能拿高分。

「你先挽救自己的各科吧。假如不計入數學，你的總成績堪稱《比悲傷更悲傷的故事》。」夏詩穎學他使用影視作品作為譬喻，並用桌下的腳偷偷碰了他一下。

孰料——

陸之辰拔下耳機，問她：「哪題不會？」

夏詩穎一愣，「什麼？」接著，她很快察覺有哪裡不對。

——她踢錯人了。

們去。

季長河看著不知是否該上前制止，只好向陸之辰投以求助的目光，然而他卻只用唇型無聲地說：隨他

兩人立刻又開始新一輪你來我往地拌嘴。

顏帛俞幸災樂禍，「誰讓妳沒事想踢我，弄錯對象了吧。」其實是他刻意避開，導致她踢到陸之辰。

「顏、帛、俞！」她瞟過眼神瞪他。

✿

傍晚，讀書會暫告段落，季長河踏上歸途。

走往公車站牌的過程，她穿過了幾條蜿蜒曲折的窄巷，正想著回家前可以順道去趟超市，就見有人擋在她身前，她頭也沒抬地往旁跨了一步，打算繞過對方，未料那人竟跟著她移動，令她詫異地仰起臉。

「……藍耘？」她怔然地望著他。

「怎麼不接電話？」

她驀地想起，「啊，剛才讀書會時，我把手機關靜音了。」說著，她從提包拿出手機，點開螢幕，畫面顯示近十通未接來電，乍看便知他有多麼焦慮，「對不起，你別生氣。」

「我沒生氣。」他只是不放心她的安危。

「你眉頭都擰在一起了。」她踮起腳，以食指戳戳他的眉心。「還說沒有。」

這個情境似曾相識，不過現在——

藍耘順勢扣住她的手腕，另一手輕揉她的髮，覆述了一次：「我真沒生氣。」他勾起一縷，捻了捻，鬆

開，繼而拍拍她的肩膀。「背包給我，我幫妳拿。」

「沒關係，不會很重。」

「乖，聽話。」他的神情流露不容拒絕的堅持。

只要他開口，無關語調軟硬，她基本照單全收，這回也自然不例外。

他接過背包，把兩側揹帶併作一起，將之掛在右肩上，左手則牽起她。

又走了一段路，季長河問他：「你為什麼突然跑來？」

藍耘停下步伐，把身子稍微壓低，靠上前，貼在她耳邊，沉聲講了幾個字。當他重新站直，退回原來的位置，她已紅了臉。

兩個人繼續向前，而他的話語，仍在她心底迴盪。

——「想妳了。」

二

期末考最後一科結束，學校雖安排了掃除活動，卻有些形同虛設。

同學們多半利用這段時間，分成三五人討論各自的寒假計畫，認真配合清潔衛生的學生寥寥無幾。

「長河，妳寒假要去哪裡玩？」

顏帛俞靠在窗台邊問她。

季長河原本在擦窗戶，聽到他的話，暫時放下抹布，但也沒有回答。

「還沒想好嗎？」

「嗯。」

小時候，她父母工作忙，即使放了寒暑假，也很少帶她出去玩。國三之後，她跟在藍耘身邊，知曉自己不能任性，假期也過得單純，通常只到圖書館借書，或者租幾部電影回家欣賞，他若有空，便會陪著她一起看。

「你呢？」

「到澳門玩。」

季長河對出國沒概念，連機場都不曾去過，於是只點點頭。

「詩穎她們全家也要出國，不過是到日本北海道。」他又嘟囔了幾句：「交往才沒多久，我們就分隔兩地，萬一她愛上哪個日本的小伙子……哎喲。」

夏詩穎站在他身後，用掃把握柄敲了一下他的肩胛。

「沒頭沒腦亂講什麼呢。」

顏帛俞回過頭，臉上滿是委屈。

「妳不難過嗎？連續十幾天都見不到我。」

她瞇起眼，睨了他：「一點也不。」

在顏帛俞的玻璃心碎成渣渣之前，夏詩穎已經揪起他的耳朵，把他半拖半拉地帶回他的掃區。

待他們走遠，季長河繼續擦拭窗戶。

時間恰過正午。窗外，冬季白晝的陽光猶如霧面濾鏡，為所有映照的事物折射出一層朦朧。四散的雲翳則輕薄如絮，時而聚攏、時而分離，讓她的思緒跟著流動。

——她也，想他了。

明明早晨出門前，藍耘還稍微抱了抱她，告訴她考試加油。

然而，幾個小時後的此刻，她依然無法遏止地想念他。

回憶起昔日種種，放假對她而言，總是有好有壞。

閒暇增加，寂寞也放大，變得——患得患失。

✿

當天用完晚餐，藍耘和季長河並肩於水槽清洗碗盤。

他用沾有洗潔劑的海綿抹過餐盤，再交予她以清水洗淨，簡簡單單的分工，卻是她不曾想過的溫馨構圖。

以前他們總是輪流做家事，看似公平，但也意味著某種距離。

她感受著當下的美好，心裡頓覺微甜，嘴角亦隨之揚起。他注意到她表情的變化，用上臂輕輕碰她，「放假這麼開心？」她不好意思承認真實原因，只能稍微用力地點頭，藉以掩飾自己的小小心虛。

「妳會想去哪裡玩嗎？」

「咦？」她沒預期他會這麼問。

「很驚訝？」他把最後一只沾滿泡沫的小碗遞到她面前。

「嗯。」她仔細地用指腹在碗緣搓洗，「因為你工作一直很忙。」

「我該解讀為偷偷抱怨，還是偷偷撒嬌呢？」他已把雙手洗好擦乾，側過頭瞧她。

季長河故意以濕淋淋的小手，去摸他乾燥的手背。「哪有偷偷，是光明正大。」況且她才不會抱怨，撒嬌倒是——

她瞄到他溫柔的眉眼。

——撒嬌，偶爾為之，似乎不壞啊。

「真的可以出去玩嗎？」她擔心他是遷就。

藍耘並未直接回應，反問她：「不想跟我約會？」

聽到約會二字，她一緊張，險些把盤子落了。

「沒、沒有不想。」但她拿不定主意，不僅不清楚約會該做什麼，也不知道哪裡適合約會。

「如果到遊樂園玩，妳會喜歡嗎？」

除了學生時代的畢業旅行，他再沒出入那樣的娛樂場所。

「嗯，喜歡。」

她僅在小學時去過幾回，印象已有些模糊，但只要與他一起，無論到哪裡，她都喜歡。

洗好碗，他們窩至雙人沙發，討論出遊地點和行程規劃。

三

出遊時間為兩日後的清晨。

當天，鬧鐘都還沒響，季長河就悠悠轉醒。她睜眼，愣愣凝視天花板，回神，想起是重要的日子，旋即爬起床、摺好棉被，又進浴室洗漱更衣。

等到一切就緒，她攀上床架側邊的短梯，輕輕叫喚上鋪的他。

「藍耘，該起床嘍。」

藍耘聽到她的聲音，發出含糊的「嗯」，接著緩緩睜開惺忪睡眼。她並不吵嚷，乖巧端詳半夢半醒的他。俄頃，他終於完全清醒，還未起身之前，便一眼望見她眼底的歡喜。

他伸手摸摸她的頭，「我現在就去做準備。」

藍耘打點好準備攜帶外出的用品時，看到季長河正在廚房製作便當。

他走上前，站到她後方。「我也來幫忙。」

由於他靠得很近，那一瞬間，他身體的熱度和氣息包圍了她。

「沒關係，我做些簡單的料理而已。昨晚也先備料了，再一下就好。」她羞怯地回頭，輕聲問：「你要嚐嚐味道嗎？」說完，她用筷子將煎好的玉子燒遞到他嘴邊。

他固然時常吃她準備的食物，但幾乎未曾由她親手餵食，這下連他也不好意思了起來。

「……很好吃。」

「你要不要到客廳等我？這裡空間窄，還得站著。」她沒說的是，倘若他繼續待在她附近，她很可能又會因分神切到手，更甚把菜餚給燒焦。

他很識趣地答應，又告訴她，如果需要幫忙，隨時可以喊他。

✿

經過二十多分鐘，兩人順利出門。

自從雙方關係有所改變，季長河在車上的座位也相應不同，從後座換到了副駕駛座。她一開始不大願意，主要因為害羞，但藍耘一句，想離妳近點，便讓她難以推拒，進而默默接受。

一路上，只要塞車或等紅燈，他都會握住她的手，或是把玩、或是揉弄、或是親吻，讓她覺得心中小鹿不停把胸口撞痛。

抵達遊樂園之後，他們順利購票入場。然而當前為寒假期間，園區內人山人海，雖不至寸步難行，仍易被人潮推著前進。

季長河陷於人陣裡而有點慌，但不敢勾上他的手臂。沒想到下一秒，藍耘就伸手攬過她的肩，讓她挨著自己。

「妳想先玩哪項設施？」

「旋轉茶杯。」

她昨天上網查過，直覺那杯子造型很可愛，且一個個皆漆成粉嫩的馬卡龍色。

「那應該會挺暈的，沒問題嗎？」

「嗯，我想試試。」

藍耘瞧見她對他笑，只能壓抑想當眾吻她的衝動。

步行近十分鐘，兩人到達旋轉茶杯排隊處。望著長長的人龍，他忽然有點後悔找她來遊樂園，估計不僅是這項設施，其他應該也需耗費大量時間在排隊上。

藍耘低下頭，發現她並沒顯得不耐煩，依然盈著笑。他稍微放了心，卻也不好道歉了。

周遭抱怨聲倒是不少，還有小孩子在哭鬧。

他拍拍她的背，「會不會無聊？」

季長河原本在看園區地圖，聞言抬起頭，「不會呀。」她反而擔心他開車兩個多小時，現在又苦站著，大抵很不好受。她掏了掏大衣口袋，摸出一顆糖果給他，「諾，這給你。」

他其實不嗜甜，但間或嚐一顆，又是她給的，倒也不壞。

「謝謝妳。」他接下糖果，拆開塑膠模，放進嘴裡。

他含了一會，她問：「好吃嗎？」

「想知道？」他眉峰微挑。

她聽出話語的弦外之音，連忙擺了擺手，「我還有好幾顆糖。」

等候半小時之久，終於輪到他們乘坐茶杯。

季長河挑了紫羅蘭色的茶杯，與藍耘一前一後坐進杯內。

接下來兩分鐘，不僅設施底盤會公轉，每個杯子中央皆有一只轉盤，可以自由調整所乘杯子的獨立自轉速度。

她將兩隻小手搭在轉盤邊緣，表達她的興致勃勃。

「等一下看我的。」

藍耘嗤笑，跟著把手放上，不介意陪著她鬧騰。

「屆時別求饒。」

所有杯子滿員之後，工作人員檢核了各個杯子的狀況，確認無虞才啟動設施。設施底盤發出機械聲，開始緩緩移動。

季長河迫不及待地轉起盤面，杯子立即隨之自轉。藍耘其實沒怎麼出力，怕真轉得快了，她會感到不適，時刻觀察著她的神情。

將近一分半的時候，她已經暈乎乎的，但見他一臉淡然，她總有點不甘心，便硬撐著繼續轉動盤子。他本想攔她，卻又不願掃她的興，最終苦笑作罷，任她玩。

設施停止時，她感覺景物仍在晃動，光是站起都相當勉強。他欲出手扶她，未料她早一步跨出杯座，身子陡然一偏——

「長河！」

藍耘眼明手疾，攔腰將她往後扯進自己懷裡。

站在不遠的工作人員見狀，急忙跑上前來關心：「兩位沒事吧？」

「謝謝你，我們沒事。」他輕輕摟了摟她。

工作人員又說：「幸好這位哥哥動作很快。」

……哥哥。季長河聽到工作人員的話，心下有些難過。

——原來，他們在別人眼裡，不像戀人，而是兄妹。

藍耘帶著她找了一處長椅坐下休息。

「那麼調皮，把自己都轉昏了。」

季長河用鼻音「嗯」了聲，小腦袋在他肩旁拱了拱，依舊煩惱著兩人是否般配。不過他並未察覺，以為她只是不太舒服。

「還有力氣玩嗎？」

他握了握她軟軟垂放在椅子上的小手。

「有。」她回答得很快，卻略顯有氣無力。

「等會玩溫和點的項目緩緩好了。」他單手翻開導覽地圖，「旋轉木馬怎麼樣？」

她搖搖頭，——旋轉木馬怎麼想都更小孩子氣。

他又看了看，「飛天魔毯？」

她這才應允。

✿

他們陸陸續續玩了幾樣設施，歡樂時光分秒流逝。等留心人潮漸散，已是夕陽沉落、暮色漸深。

遊樂園晚間有場煙火秀，藍耘牽著她穿過人群，前往預定施放煙火的地點附近。步行過程，他感覺她拖著腳在走，猜她可能是累了，稍微瞥了她的表情，赫然發現她抿著唇，似乎在忍耐什麼。

「腳疼嗎？」他知道她不常穿腳上這雙淺亞麻色娃娃鞋。

季長河的腳確實因為鞋子磨破了皮，每踏一步都刮著傷口，刺痛不已。可是她不敢說，怕他認為這趟帶她出來，她盡添困擾，以後不肯再與她約會。

他以拇指抵上她的下唇，來回摩了摩，迫使她稍微鬆開。

「我們去石階坐著，妳的腳讓我看看。」他用下巴示意幾公尺外的石階。

夜幕覆蓋整座園區，一盞盞明晃晚燈亮起，氣溫變得更低。

藍耘讓她坐在石階上，自己則蹲在她身前，單膝著地。他捧起她的小腿，令她身子微僵。

「藍耘，不用這樣。」

他輕揉了一下她的小腿肚，為她脫下娃娃鞋，將她白生生的嫩足置於他的大腿上。她的腳後跟很紅，還起了幾個水泡，其中比較大的已經破了，滲著血水，看上去頗為可憐。他瞧著一陣心疼，「小傻瓜，都傷成這樣了。」一本想唸唸她，抬頭見她無辜的眼神，他就什麼也講不出口了。他輕輕歎了口氣，責怪沒照顧好她的自己。

「妳在這裡等我。」

季長河揪了揪他的衣袖，「你要去哪裡？」

「買點藥跟透氣膠布給妳。」他一隻手臂撐在她身側緩緩站起。「別擔心，我很快就回來。」

✿

十分鐘過去，藍耘抱著一個紙袋回到她身邊，但那袋子很鼓，不像只裝了藥品和透氣膠布。

季長河好奇地探頭，瞥到裡面還有一團毛茸茸的玩意。

他看她一臉好奇，把那東西拿了出來，「我買了一雙軟拖鞋給妳。腳後跟沒有包住，妳走路比較不會痛。」

小兔子造型的軟拖鞋十分可愛，但明顯是設計給兒童使用的，她不禁想到工作人員那句——「幸好這位哥哥動作很快。」，又難受了起來。她總惹他麻煩，比起戀人，確實更像不懂事的妹妹。她悄然注視著他為她塗藥、包紮、套上拖鞋，心頭悶脹、鼻尖泛酸。

當他處理好她的傷口，周圍恰好響起熱鬧的奏樂聲，為即將開始的煙火秀揭開序幕。

石階相形人潮聚集的廣場偏僻，再加上燈光較暗又沒遮擋物，其實很適合觀賞煙火秀。

藍耘坐到她隔壁，伸手去碰她冰涼的手背，「煙火秀快開始了，會冷嗎？」

「不會。」她的指頭稍微曲起，而他順勢以掌包裹。

隨著「咻——」的長音，一道淡藍火光快速上衝，綻開漫天的絢爛。緊接著，繽紛煙花於空中齊放，照耀了淒然黑夜。

季長河仰頭欣賞了一會，隨後往旁看去。

微光映於藍耘的面龐，半邊明亮、半邊幽暗。

興許是感覺到她的目光，他也跟著轉頭，一霎四目相接。

藍耘的輪廓邊沿鍍上一層薄輝，五官顯得更為立體惑人。她鬼使神差地靠近他，吻上他的唇，又飛快退開，若蜻蜓點水。他未預期她會主動親他，怔了好半天，才按住她的後頸，去尋她的唇，更甚加深了先前的吻。

——都聽不見了。

無論是煙花迸裂後的繁華盡落，抑或此起彼伏的熱烈掌聲。

唯有對方的呼吸十分清晰，一時無聲勝有聲，一切皆在不言之中。

季長河有幾縷髮絲滑進他的領口，撓在他突出的鎖骨上，予以細微的癢意。他拂開她的髮，又攏了一小撮在手裡把玩。

「長河，今天玩得開心嗎？」

她仍耽溺於那綿長的吻，神態恍恍惚惚，只「唔」地嘟起粉唇。他瞧著可愛，伸臂圈住她的身子。冬季衣物雖然厚重，她縮在他臂彎裡，依然是小小一團。

燦漫煙花弭去，長夜回歸黑暗，一片冷卻的寧靜。

不過，她的心跳並未趨緩，反在這樣寂寞的背景下，尤顯其鼓動得熱烈。

——因為喜歡，變得不知所措，容易想得很多很多，關於那些擔憂、那些不安、那些膽怯。

她軟軟趴在藍耘胸前，「你喜歡我嗎？」所有心思，化作一句試探，渴望獲得確認。他眸色微暗，嗓音低沉：「當然喜歡。」

而後，他們又一次在擁抱中交付彼此，承接所有情感的初生與再續。

四

過年前一週，寒冬凜冽。

余笙走在年貨大街上，冷風迎面。

那風吹亂了她的髮，將眼前的景深割裂。

時間還未過中午，逛年貨的群眾沒有太多，部分商家也仍在陳設攤位。她盤算著該買點什麼回老家過年，卻遲遲拿不定主意，只能漫無目的地四處張望。

走了好一會，她包裡的手機震了震，摸出一看，是陸之辰撥的電話。

「午安。」

電話那端，傳出他好聽的聲音。
「午安，之辰。」
「在外面？」
陸之辰感覺她身旁雜音不少。
「嗯，你找我有什麼事嗎？」
他沉默片刻，才回：「想見妳。」

學校開始放寒假，補習班仍整日上課，除了簡單的問候，他們既沒見面，也沒怎麼說到話。

余笙聞言耳朵微燙，「我、我在年貨大街。」
「這是同意見面的意思？」
她彷彿聽見他不甚明顯地笑了。
「嗯。」
「我去找妳。」他原本坐在書桌前，說話時順道起身。「妳在住家附近那條年貨大街嗎？」
「對，那我到入口跟你會合。」
「妳先找個比較暖和的地方待著。我過去需要二十分鐘左右。」
切斷電話後，陸之辰踏出房間。
經過客廳時，坐在沙發上看文件的陸佑壬，忽然抬眸掃了他一眼，繼而冷不丁地問了句：「你要去哪？」

「與你無關。」他面無表情，語調淡然。

陸佑壬未再追問，低頭繼續翻閱資料，但他的拇指卻不受控地顫動。因為他其實偷聽到陸之辰在講電話，也隱隱猜出他出門是為了找誰。

陸之辰離家不久，陸佑壬覺得太陽穴愈發鈍痛，文件的內容更完全讀不進去。他深吸一口氣，抓起掛在沙發靠肘的大衣，快步走向玄關……

✿

陸之辰來到年貨大街對側，遠遠就見余笙搓著一雙小手，佇於門口其中一根石柱下方。

某些時刻，他總覺只要有她存在，便是融入任何背景都會漂亮的一幀畫。

余笙輕輕對著掌心呵氣，臉上含著淺淺笑意。他慢慢走近她，「余笙。」那喚她的口吻情深音淺，像踩進雪地裡的步伐，無聲卻留有清晰足跡。

「之辰。」她朝他輕輕揮手。

「怎麼沒有找個地方坐著等？」

陸之辰將一隻手掌攤平，放在她面前，示意要她把手交給自己。

她有些害臊地用右手指尖觸碰他炙熱的掌心，「我……想早點見到你。」終末幾個字，她越講越小聲。

他蓋上另一掌，一雙手包裹著她的。她感受他傳遞的熱度，不僅是手，其他地方，尤其是心口，也變得溫暖。

「以後別這樣。」他不捨她站在冷風中。

「嗯？」

「乖乖在溫暖的地方等我。」

她笑了下，倚近他的胸膛，很輕地道了句：「像這裡嗎？」

他並未答覆，但寵溺地低頭凝睇她，猶如默許。

✿

幾十公尺外，有一雙眼，隱含著悲愴，注視他們；有個鏡頭，定格著畫面，捕捉他們。

陸佑壬內心躁動不已，手也在晃，根本難以對焦。可他的手指仍一下、又一下，連續按著快門，似在宣洩某種陰鷙的焦慮。

數次闔眼，他重拾平穩的呼吸，微垮的嘴角亦回歸一字，甚至稍許上揚。

他腦海響起如腳踏車鏈條斷裂的聲音，斑駁他蒼白的思緒——

——他所失去的，任何人也不准獲得。

五

年假結束，第二學期開始，一切倏忽崩解——

一摞模糊照片，被人輕輕一撒，散在辦公桌上。
所有尖銳的質問，直指他與她的悖德。

照片裡，他們指掌交扣、相互依偎、並肩而行。兩人親暱的舉止，被攤在眾人眼前，審判是與非。

余笙攥著窄裙，指節泛白。此時的她面無血色，眼裡有淚水在打轉，卻忍著沒落下。
一旁的陸之辰明晰，他們早已陷入絕境，退無可退。除非——
——其中一方擔下全責，另一方才可倖免。

是他害了她。若非他一再告白，而她勉為其難接受，現下也不會如此。

「是我——」
陸之辰話音剛落，她就站到了他身前，打斷了他。
「是我。是我逼迫他的！」她彷彿宣告一般，竭盡氣力喊出了聲。
「余老師，妳所言屬實嗎？」

周圍的主任教官語露狐疑。

「對，都是真的。」

余笙感覺體內每個細胞都在顫抖，但她更怕他的青春被她葬送。他試圖阻止她決絕的行徑，卻看她回眸的轉瞬，眼眶淚水充盈。片刻之後，她的悲傷再也收不住，一滴一滴沁出眼角。

——之辰，你的餘生，或許再也沒有我。

「陸同學，請問余老師所說的話，和你的認知有出入嗎？」

陸之辰亟欲反駁，而她只輕輕搖頭，用唇型無聲地說——再見了，之辰。

其實，他寧可與她共同沉淪，也不願獨自置身事外。然而倘若他在此刻否定一切，等同於親手扼殺她為他付出的所有。他和她之間相繫的情感，終究敵不過外在限制，被迫斷捨。

他強忍胸口劇烈的悶疼，道出她賦予的違心之論。

「沒有……」

✿

縱然校方有意隱瞞實情，事發那天仍有不少學生在辦公室走動，陸之辰與余笙的事情很快傳遍全校，鬧得沸沸揚揚。

一個上午之後，所有矛頭全都指向余笙，她至二年庚班授課時，甚至當面遭到台下學生惡言羞辱。

她頹然地挨著黑板，不顧弄髒自己的衣衫，眼神空洞異常。

——失控了。

她感覺心中的地軸逐漸偏斜，失去了四季和色彩，亦無冷暖。

——陸之辰。她呼喚那鐫刻於靈魂深處的名字，但也明白他什麼都聽不見。

原來，過了這麼多年，她終究天真，以為自己的選擇，能有所改變、確實地邁進。無奈在現實面前，情感輕易就面目全非、支離破碎。

還是喜歡，怎麼會不喜歡；還是愛，怎麼會不愛。

她甚至開始思念他的氣息、他的聲音、他的臂彎。可是——

——沒有可是了。

她想起在辦公室裡，與他目光交會的——最後一個剎那。她受潮的眼底即使映出了他，卻再也無法擦出任何火光。

——曾經的點燃，如今的熄滅。

她瞭解，她的離開，成為了必然。

六

一週後，余笙從校園中澈底消失。

校園如常運行，她的離開似乎並未帶來變化，直到某天早自習下課——玻璃碎裂的尖銳聲音，在二年級走廊底端響起。

四起的尖叫、飛濺的血液、森冷的面孔、負傷的嗚噎。

——他也，失控了。澈底失控了。

十分鐘前，幾名庚班男學生聚在走廊聊天，話題地北天南，沒什麼重點。後來不知怎麼，其中一人提起余笙，大致講述她雖然長得漂亮，卻是連學生都勾引的婊子，隨後各種粗俗難聽的話語盡出。他們笑笑鬧鬧，肆無忌憚地說葷話，殊不知陸之辰全都聽在耳裡。

那是攔也攔不了的。

陸之辰周身籠罩一股戾氣，額角青筋浮起，眼球上血絲佈現。在眾人反應過來之前，他一拳直接猛擊在開口嘲弄余笙的人臉上，出手可謂狠絕且毫不留情。那人當場鼻血汨汨直冒，摀著鼻子橫倒在地。

與之談笑的幾人完全傻住，根本弄不清怎麼回事，緊接著又有一人被陸之辰提起衣領，繼而重重甩在走廊上。剩下的三人圍了上去，和陸之辰扭打成一團。

不過眨眼的時間，場面混亂至極。

鄰近同學全都嚇壞了，跑的跑、逃的逃，較為冷靜的則奔下樓向教官求助。

✿

余笙悶在家裡好幾天了，幾乎與外界斷去聯繫。她尚未想定接下來該何去何從，一夕之間的風雲變色，讓她丟失了珍視的所有。

她曲著纖瘦白皙的雙腿，側坐在沙發椅上，深深陷入彈性疲乏的軟墊之中。她小口啜飲著燙舌的熱可可，那曾叮囑她別燙傷的溫柔嗓音，猶言在耳。她鼻頭一酸，眼淚又奪眶而出。

最近她哭泣的次數多到數不清，眼皮更發紅腫脹，她總下意識地追溯有少年相伴的從前，頻頻陷溺於記憶之海，在浮沉之間反覆窒息。

不知過了多久，裝著熱可可的馬克杯已經空了，被她棄置於坐墊下的手機悶悶震響。她本無意接聽，但又不放心，怕真有什麼急事，索性摸出手機，朝畫面瞧了瞧。

撥電話給她的人是闕家樊，也是整起事件中，唯一中立且沒責怪她的同事。她猜想，或許校方有事請他代為轉達，她不願讓他為難，默默按下了接聽鍵。

「你好，家樊。」

余笙話音一出，連她自己都有些詫異，才一陣子疏於與人交流，她的聲調輕到微啞，還含混著哽咽。

「余笙，」闕家樊口氣相對沉穩，「學校發生了一些事情。」

「嗯，你請說。」

「今天陸之辰出手毆打同學，他本身也多少受了傷。不過學校有所考量，畢竟如果記他小過，可能導致他日後推薦大學出問題，因此持續設法替他排除不利因素，但他對於動粗的原因避而不談，讓校方很難介入調解處理。我在想……會不會與妳有關？因為有目擊同學表示，那幾個人挨揍之前，似乎在談話間提到了妳。」

「……我嗎？」她喃喃自語。

——不止是她，他也還惦記著她嗎？

然而，聽到他為了她動手打人，甚至負傷，她的心情十分複雜，但更多的是擔憂。

「校方目前發落的懲處是讓他停學一週，以及日後需做一個月的愛校服務。假如被打學生的家長沒提出告訴，整起事件應該很快就能落幕。」

「為什麼通知我？」

電話另一側沉吟半晌，好一會才有回應。

「我認為妳該知道。」

「就算我搞砸了一切？」

「那並非搞砸，而為妳的權利，只是——」他低聲歎息，「在規則之下，妳成為被檢討的對象。妳錯了，但也沒錯，端看定義為何。」

聽完他的說辭，她自嘲地扯起苦澀的笑，垂下頭，用食指摸過小趾的指甲蓋。

——無論對錯與否，她已被迫和他分開。

✿

那日陸之辰從補習班下課，或是無心、或是刻意，回過神，他發現自己牽著腳踏車，來到余笙住處樓下。他仰望她居住的樓層，發現那裡暗無燈光。

其實他本來就沒期望見到她，身上隱隱作痛的傷口，不斷提醒著他的失去。

陸之辰用拇指輕輕彈了下車鈴，清脆鈴聲在無人的空巷迴響。

「之辰？」

一聲叫喚，帶了點不確定的口吻。他以為是過分想念導致的幻聽，直到身後的人再度開口。

「之辰。」

這一次，他忐忑回身，只見余笙身穿單薄家居服，距他幾步之遙。

「余笙。」

縱然情感的痕跡被強制抹除，彼此在對方內心的份量仍未減少，太多想說的話語，最終迎來無盡的沉默。

余笙注意到他下眼瞼有道暗紅血痂，料想應是被指甲所刮傷，光看就疼。她伸手去摸，動作很輕很柔。

「為什麼動手？」

他扣住她的手腕，置於唇邊，落下淺淺一吻。他那股揍人的銳利與狠勁，早已褪了大半，徒留黯然壓抑的狼狽與挫敗。

「……因為他們輕蔑妳。」

「你前途大好，不值得因為我留下污點。」她在說給他聽，同時提醒自己，——她會耽誤了他，更甚阻撓他的未來。

時光如流，他執著她的手，以為沒過多久，但她的指尖已微微發麻。

疏淡月光下，他輕輕問了句：「以後呢？」

「什麼意思？」

「『我們』，以後呢？」

「『我們』，沒有以後了……」

她笑，雙眸卻溢出淚水。

幾年前，她曾帶他去影院欣賞《後會無期》。電影中，有個片段，他仍深刻記憶——每一次告別，最好用力一點。多說一句，可能是最後一句。多看一眼，可能是最後一眼。

於是，他向她展開臂膀，而她怔忡幾秒，便義無反顧地撲進他懷裡。

「關於我，你會花多久時間記得、多久時間遺忘？」

他想回「一輩子」，但始終沒有說出口。

兩人相擁的瞬間，心裡都清楚——

——這就是結束。

七

陸之辰毆打同學事發後的幾天，溫南枝雖有到校上課，卻完全沒回闕家樊的訊息，在校內也明顯迴避著他，甚至連招呼都不打。

闕家樊心道奇怪，但也不想勉強她說明，認為女孩或許需要獨處的空間。

這般若即若離的微妙狀態，持續了將近一週，他覺得似乎有必要找她談談。

那日，他至乙班授課，發覺她不在座位。一問之下，他才知曉她發燒感冒，請假未到校。

牽掛之虞，他又捎了訊息，可依舊毫無回音。當天下班，他隨即驅車趕往她家。

抵達之後，他按下電鈴，屋裡毫無反應。他怕她因為生病出了意外，開始拍擊門面、叫喊她的名字，若未仔細聆聽內容，活像討債人士上門。

「南枝、南枝，妳還好嗎？沒事吧？」

半分鐘過去，門扉終於開啟一條窄縫。

「我沒事……」

溫南枝的聲音沙啞，還很含糊，乍聽就不是沒事。闕家樊實在不放心，就著那條縫隙，一股腦地拉開門板。她並無預期，向後退了半步。

「家樊……」

他注視著她，神情沉定溫和。

「生病了？」

光看她微紅的面龐、迷離的眼，以及虛弱的神態，他便明白她身體微恙，但他仍是問，想聽她親口承認，不再倔強。

可她偏偏咬著唇，不看他，僅淡淡道：「我很好，你回去吧。」一句簡短的話，把他推得很遠很遠，彷彿他是與她無關的人。

他實在很想知道，在她心裡，他到底算什麼。又怕口氣強硬了，會讓她害怕。幾經思量，他緩下那鬱積在胸口的煩悶，柔聲開口：「妳為何躲著我？」

她斂下眼眸，縮起雙肩，「沒有躲著呀。」那聲調極其飄忽，怎聽皆有所隱瞞。

闕家樊一見軟招無效，隨即擠進門裡，又把門板闔上反鎖。溫南枝無措地僵在原地，直到被他抵上玄關壁面。

「你、你要做什麼？」

「討厭我了嗎？」他用一雙臂膀困住她，限制了她的行動範圍。

面對他，她還真講不出「討厭」，不但傷他，也會傷到自己，其中她更不樂意的，就是令他難受。她不知該如何是好，唯有別開目光。——不看總可以吧。她想。至少無需承受他失落的模樣。

溫南枝才想著要當小鴕鳥、逃避他步步進逼的現實，屬於他的氣息卻忽然縈繞了她。她一滯，發現他弓著高大的身軀，把下巴擱在她頸窩，炙熱的呼吸灑在她脖子上，讓她的肌膚起了細小的疙瘩。

「你……」

「既然不討厭，那就多依賴我一點啊。」他的口吻滿是無奈，「都感冒了，不要總是逞強。」

她心臟狂跳，臉蛋更紅，一雙手沒地方擺，只能按在他胸前，使勁想隔開兩人的距離。

「你知道我感冒，還敢靠這麼近。」她的語氣相較最初的強硬已軟下許多。

他箍緊她的腰，半身上挪，額頭與她的碰在一起。

「我不這樣，妳不理我。」

「放開我……」

溫南枝覺得頭更暈、體溫更高了，而她微弱的掙扎對他來說，與撓癢無異。

「妳不說實話，我不會鬆手。」他直接表態。

「說實話？」

「這些日子，妳基本不理我，訊息也沒回。到底怎麼了？」

「我——」她欲言又止，感覺腰間的手指逐漸收緊，她即瞭解他不若表面冷靜，終於娓娓道出理由：「前陣子……那件事，余笙老師被迫辭職、陸之辰更和同學大打出手。我不希望類似的事情發生，這樣你聽懂了嗎？」——她不願害了他，讓他處境維艱。

闕家樊自然聽懂她的顧慮，但與此同時，他也有所考量。

「我說過，即使不當老師，我仍有別的工作，能好好照顧妳、予妳平穩的生活。」

她嗓音比先前更啞，「可是你也說過，擔任老師是你的興趣。我豈能憑一己之私，剝奪了你的喜好。」

那份自私，即是她的喜歡和佔有慾。

他忽覺，他所以為的一廂情願，她都用自己的方式回應著，彷彿若有似無，實則後勁強烈。

「我最感興趣的是妳，其餘皆為可有可無的喜好。」

「如果真的可有可無，一般人會那麼認真教學、嘗試與學生打成一片，還努力輔導不及格的學生嗎？」

他很少被她稱讚，當下有些愣住，而她意識到語句中對他的褒揚，不禁羞紅了臉，講話也變得結結巴巴。

「總、總而言之，我們在學校還是保持距離比較好。」

「意思是，其他時候不用保持距離，對吧？」

闕家樊說著，又貼近她了一些，雙唇亦似要和她相觸。她一緊張，推了他一把，力道不小。他半真半假地踉蹌退開，面上滿是遭她拒絕的落寞。

她本就在生病，沒想過能推動他，有點慌，也有些愧疚。她仰頭喃喃：「對不起，我不是故意的。」

他佯裝惱怒，板起面孔，沒有答話。

溫南枝未見過臉色陰沉的他，心裡後怕，再加上發燒，她腰和腿早已發軟。

「……家樊，你別生氣。」

他沒真要和她計較，見好就收，托起她的臀，又將她抬起，扛到右肩。她軟綿綿地掛在他身上，卻還沒忘他左手的傷，「你的手……」

「都多久了，早就復原了。」他接著問：「妳房間在哪？」

她這會被他抱著，實在不敢招惹他，只得老實回答：「走道底端右手邊那間。」

到了她房間，闕家樊輕輕將她放上床鋪，又替她蓋好棉被，裹得嚴嚴實實。

她的床頭有一串藥包，和半碗沒吃完的粥。他一看就明白，無論是買藥，抑或熬粥，她皆獨自完成。

闕家樊伏在床邊，溫柔地凝視她潮紅的小臉。

「剛才嚇到了？」

「都怪你那麼兇……」她鼓起臉頰，滿腹委屈。

他的手探進被裡，握住她微微汗濕的掌，她輕輕甩動，不願他碰。

「我的手現在濕濕熱熱，你別摸，很噁心的。」

他故意來回撫了她的手背兩下。

「我都不嫌，妳就說噁心了。」

溫南枝瞪他一眼，但沒作用，只好換了話題。

「我挺喜歡你當老師。」

他「哦」了聲，一副他才不信。

「我說真的。」她稍微把臉埋進被裡，只露出一雙黑亮的眼睛，「這樣每天都能在學校見到你。」

他聽到她這麼說，若非清楚她病了，經不起折騰，他是真想摁著她親。

「笨蛋，快點好起來，不然怎麼到學校見我。」

她嘿嘿一笑，反抓他的手，「就算沒到學校，你也在呀。」

「是啊，我不會離開妳。」他另一手覆上她的雙眼，「安心睡吧，我會陪著妳。」

——他不是王子，但她是他的玫瑰，美麗帶刺、獨一無二、勝過一切。

第八話，心上是妳

唯獨妳，我不能放手，
亦放不了手。

一

四月，白晝停留的時間逐漸延長，氣溫亦在不覺間緩慢回升。

春季尚未完整，卻已緊隨冬日尾聲，悄然到臨。

二年級下學期，課程逐漸繁重，大小考試不斷。

藍耘體恤季長河忙於學業，希望她能有多一點時間休息，主動攬下所有細瑣家務。不過他下班通常已是晚餐時段，若親自下廚，容易拖得太晚。因此，這個月以來，他時常帶她到處跑飯館用餐，回家再燙點青菜、洗水果吃。

這本來沒什麼，可他一些同事特別眼尖，又愛製造八卦話題，諸如：他中午沒像過去有便當吃、下班後總推辭所有聚餐等。他們紛紛猜疑，他或許在情感方面不順遂，所以女朋友不幫他做便當了，晚上還得提早下班尋求新的邂逅。

某天早晨，藍耘至茶水間倒茶，同部門的女同事正好也在裡面泡咖啡。

「早安。」她率先微笑打招呼。

「早。」

她向他搭話，「你最近午餐沒帶便當了？」

「嗯。」他不帶情緒地回應。

「原本的便當是你女朋友準備的嗎？」

「嗯。」

他向來公私分明，不喜在辦公地點談論這些，但若不耐心回答，對方容易浮想聯翩，屆時事實遭到曲解更為麻煩。

她似乎沒聽出他的淡漠，繼續喋喋不休。

「大家都在傳你和女朋友分手了，那是真的嗎？」

「沒有。」當下，他的杯子已裝了八分滿，「我先回辦公室了。」

✿

那一週，公司訂單特別多，大部分職員週末皆需加班，藍耘也不例外。

加班日早晨，他有會議要開。然而抵達辦公室後，他才驚覺自己漏帶了一份文件。再過二十分鐘，會議就將進行，他若往返公司與住處，肯定會趕不上。懊惱之際，他不得不聯絡季長河。

電話接通時，她溫和的聲音傳出。

「怎麼了？藍耘。」

「長河，不好意思，能請妳幫我送份資料來公司嗎？」

「好，哪一份？」

「應該在五斗櫃上，水藍色封皮。」

一陣窸窣之後，是她微揚的語調，「找到了！」

「再麻煩妳送來給我，記得注意安全。」

他隻字不提時間，怕她得知很趕，行動急了，容易發生危險。

十幾分鐘後，季長河到達藍耘上班的大樓，並順利乘上電梯，前往他辦公室所在的樓層。

電梯門一開，前方是以淺灰為主基調的簡約大廳，有幾座顏色鮮豔的小沙發點綴其間，再往後一些，是整片的落地玻璃，與一道對開的透明自動門，門裡的辦公室人來人往，看起來相當忙碌。

她抱著文件夾走入自動門，一顆小腦袋左顧右盼。由於她沒穿女職員標配的白襯衫和黑窄裙，一下就被座位靠近門口的員工發現。

「小妹妹，妳要找誰？有什麼事情嗎？」

她怯怯地開口：「我要找藍耘，幫他送文件。」

「我記得他十點要開會，不過他應該還沒進會議室，我帶妳去他的座位。」

她點點頭，跟在員工斜後方走。

繞過幾條走道之後，一雙熟悉的皮鞋出現在季長河眼前，抬眸一看，藍耘已離她不到一公尺。他接過她手裡的資料夾，又摸了她的頭。

「謝謝妳。」

在旁的員工忍不住好奇她的身分，「藍耘，她是？」

藍耘想也不想就答：「親戚。」這麼回應，主要不想被喜歡議論隱私的同事問東問西。他接著又對季長河說：「我要去開會了。妳到家時捎封簡訊給我，我傍晚就回去。」

他簡單交代完，轉身邁開步伐，走向會議室。

季長河因他強調她是親戚，心裡十分難受而愣在原地，直到那位員工碰了碰她的肩膀，她才匆匆致謝，並離開辦公室。

步出大樓，她跑了一小段路，長長吁出一口氣。隨後，她緩緩仰頭，望那被高樓擠壓為矩形的穹蒼，和在逼仄空間中聚散的雲層。她的心情也遭反覆裁切，憂傷的陰霾更隱隱浮動。

——為什麼，他不敢大方坦承他們的關係？

二

隔週到校上課，夏詩穎感覺季長河的情緒有些低落。午餐時段，她問她是否有什麼煩惱，她才訴說在情感中的不安。

夏詩穎聽完，安慰她：「至少妳男朋友體貼溫柔，不像顏帛俞就是個粗線條。」

「妳當我沒聽到嗎？」

顏帛俞出現在她們旁邊，左手轉著一顆排球。

「聽到也沒關係呀，正好改進一下。」

「物理、化學都比妳親切。」他邊說邊虎視眈眈地瞅著她的餐盒。

她看出他在打她午餐的主意，立即眼神凌厲地提防他。

「為什麼要跑去打球不買午餐，我不會分你吃噢。」

藍耘對她過分疼愛，多數時候都讓著她，她反而摸不透他的心思。

望著他們笑笑鬧鬧，她其實有點羨慕——

畢竟他和她拌嘴已是司空見慣，季長河默默吃著三明治圍觀。

「對你的愛只要不是負分都嫌多。」

「真是一點愛心也沒有。」

✿

那晚就寢前，季長河提出要與藍耘一塊睡覺，後者並未多想，當她是撒嬌了，很快應允。下層鋪好棉被之後，他要她先躺進去，她卻搖頭，表示自己今天要睡外側。他有點無奈，怕她半夜翻身會摔下床，她倒是一點也不擔心。

等到兩人都躺進被窩，也熄了燈，她開始深夜的小小計畫。季長河先是直往他身上蹭，接著手腳還纏了上去；藍耘一隻手抱著她，另一手拍拍她的上臂，「長河，妳這樣我們都不能睡。」

以前他說什麼，她總聽話配合，今日則不同，怎樣都不肯撒手，甚至大膽地解他前襟的鈕扣。再不理解她的用意，他就白當男人了，只是他想看她會做到什麼程度，故意由著她動作。然而她太過緊張，弄了半天竟才鬆開一顆鈕扣，略微曖昧的氛圍因此淡化。

藍耘斂下雙眸，「為什麼要解我扣子？」

「怕、怕你覺得熱。」她答得心虛。

他一瞬失笑，但沒揭穿。

「那妳繼續。」

季長河的手頓了一下，又重新與鈕扣奮鬥。好不容易解到第三顆，她的手已經抖個沒完，夾著他腰腹而曲起的兩條腿也失了力氣。

「妳明天還想上學的話，就別再撩我。」他捉住她作亂的手，聲音低到可怕，隱忍又克制。

「可是、可是，不這麼做……你總是把我當成小孩……」一句短短的話，因為害羞，被她硬生生截成好幾段，講得吞吞吐吐。

「妳確實還小，不適合做這種事。」他把被她鬆開的鈕扣繫回，「但這並不影響我喜不喜歡妳。」

她道出內心的糾結，「那你為什麼對同事說，我是你的親戚？」

「我不想在公司談論私事。」

「就這樣？」她眨巴著眼。

「嗯，」他撫上她的右頰，「就這樣。」

季長河的擔憂本該煙消雲散，但想到剛才勾引他的行為，整個人都不好了。那會兒確實是她起的頭，可是她還真不知該如何收尾。他一下就瞧穿她的心思，「現在才懂得怕？」她努嘴，接著很快鑽進被窩，一雙細白的腿卻全露在外，標準的藏頭不藏腳。

藍耘笑著拍拍那鼓成一團的棉被，「妳保持這樣就好，別胡思亂想。」

棉被動了動，他知曉是她靠著他胸膛輕輕頷首。

三

時序更迭，梅雨季到臨。

陸之辰因為和余笙的關係被公開，接著又做出打人的暴力行為，這兩個多月，他從高冷的校園王子，淪為人皆避之的恐怖份子。

任誰都沒想過，原先萬眾矚目的模範學生，會突然捲入一場畸戀。

他的日常生活倒沒什麼改變，依然三點一線，住家、學校、補習班，但少了余笙，一切索然。從前的所有努力，一夕之間化為烏有，讓他失去了理想，也對付出感到迷惑。

余笙如他生命中的重要齒輪，與他的意志緊緊咬合，帶動他不斷向前。而今齒輪鬆落，他陷入前所未有的茫然……

✿

一日晚間，陸之辰收到模考成績單，上面排名寫著一，和過去並無不同，卻不再具有意義。他把成績單對折，塞進回收桶裡，準備離開補習班。

那天大雨如注，補習班門口的傘架堆滿五顏六色的傘。他翻找許久，仍未尋得自己的那一把。室外雨勢滂沱，他本身不介意淋雨，但不願打濕書包裡的物品。

忽然，他放在外套的手機響了，拿出一看，是溫南枝傳的訊息。

南枝：明天可以借我物理筆記嗎？

她從上學期末就變得非常努力，成績提升許多。最近一次在學校的月考，甚至進了前五十名，跌破眾人眼鏡。

之辰：可以。

少頃，他又傳。

之辰：妳還在超市打工嗎？

她打工的超市離補習班很近，約莫三分鐘的腳程而已。

南枝：剛下班，怎了？

之辰：我的傘被人拿了。

南枝：要我去救你？

被陸之辰拜託是件很新奇的事。

之辰：嗯，妳方便嗎？

她其實已經快走到家，但仍決定折去補習班找他，長久以來他也幫了她許多忙，借他撐個傘不過是舉手之勞。

南枝：方便，你等我幾分鐘。

✿

熱鬧市區的夜景，燈火斑斕、人潮湧動、車水馬龍。

陸之辰站在騎樓下方，倚靠一面磚牆，掛著耳機聆聽流行樂。歌曲為隨機輪播，沒過一會，放出了《小半》一曲。余笙曾告訴他，這是她很喜歡的一首歌。

——低頭呢喃／對你的偏愛太過於明目張膽／在原地打轉的小丑傷心不斷／空空留遺憾／多難堪又為難

歌曲結束時，他的臉頰被人輕輕戳了戳，追著那手指偏過頭，他對上一張笑吟吟的面龐。他有段時間沒見過別人對他笑了，心底湧起一股難以言喻的感慨。

「晚安呀。」

溫南枝其實先回過家了，因此手裡有兩把傘，她遞了傘面比較大的那支給他。

他接過傘柄，「抱歉，讓妳跑一趟。」

「別客氣。」她擺擺手，「話說回來——」她知道他最近看似與過往無別，實則像一具行屍走肉的空殼。「……你和余笙老師，後來怎麼樣了？」她問得小心翼翼。

「沒有後來了。」他以傘尖劃過地面磚瓦的凹槽，「她後來到偏鄉的中、小學服務，我們很少聯絡。」

他明白她在擔心他，「我沒事，南枝。」

她想相信他的話，但他怎麼看也不像沒事，但他又不是多問幾句就會坦白的人。

陸之辰往前跨了一步，把傘撐開。

「我先送妳回家，再去搭車。」

「不用那麼麻煩啦，我家跟你搭車的站牌是反方向。」

「我心裡會過意不去，也不放心妳一個人走。」

她不好再拒絕，點頭答應讓他陪著。

沿路上，他們沒說太多話，僅偶有幾句閒聊。

當她問他，余笙到哪個偏鄉服務，他答覆之後，她的腳步瞬間頓住。

「南枝？」

「之辰，你看今晚的新聞了嗎？」

「怎麼了？」

「今晚新聞播報有提到，余笙老師服務的地方，由於連日大雨，發生了坡滑，警消人員已紛紛趕往救難……」

得知此事，陸之辰迅即摸出手機，上網查了相關報導。

成串的新聞以聳動標題佔據搜尋面板，他顫抖著指頭，點進一則寫有傷亡消息的頁面。他快速瀏覽了整篇文章，確定上面沒有余笙的名字，但他一顆心仍高高懸著。

「你別送我了，快走吧。」

溫南枝伸手拍了拍他的背部。

「走去哪？」

「你應該比我更清楚，不是嗎？」她又接著說：「我家再走五分鐘就到了。所以你不用管我，快去找余笙老師吧。現在或許還有車子能搭到那附近。」

陸之辰踟躕片刻，讀懂她眼中的催促，感激的同時，亦低聲與之別過。

✿

目送陸之辰奔離的背影不到半分鐘，溫南枝便接到闕家樊的電話。

兩人開始交往之後，他經常會到超市接她下班，但今天晚上他碰巧有生意要談，只能透過電話問候她是否平安。

電話甫接起，他立刻聽到話筒傳出淅淅瀝瀝的雨聲。

「妳還在外面？」

「嗯，朋友的傘被拿走了，我去送傘，還沒到家。」

闕家樊在開車，指頭輕敲著方向盤外緣，「妳人在哪？」

「離家很近了，你別擔心。」

「給哪個朋友送傘？」
她本不想提，他卻偏要問，可她也不想欺瞞。
「……陸之辰。」
他的醋罈子一下就翻了，「最好讓他淋雨，清醒點。」
「你是不是老師啊，這種發言像話嗎？」
「等妳畢業我就辭職。」他邊說著，邊打了號誌燈，方向盤一轉，拐至前往她家的路。
溫南枝能聽出他在賭氣，但不知話裡有幾分真假。
「我先走路，掛電話了。晚點聯絡你。」
面對這說變臉就變臉的男人，她還真一點辦法也沒有。

✿

溫南枝剛走進住處所在的巷弄，就見樓下大門口停了一輛轎車。她掃了眼車牌號碼，立刻就知道車裡坐的人是誰。假裝沒看到略嫌矯情，也不合她的作風，她索性徑直走上前，叩了叩駕駛座的車窗。
闕家樊搖下車窗，皮笑肉不笑，眉峰微挑。
「還生氣嗎？」她心道：他心眼也太小，這麼計較。
「不能生氣了？」其實他氣早已消了大半，只是表情還繃著，「妳快上車。」
她張了張嘴，「要去哪？我明天一早還得上學呢。」
他手搭在方向盤上，扭過頭，不講話了。
溫南枝實在被他打敗，倒不會覺得煩，而是無語。她繞過車頭，打開副座車門，坐進車裡。闕家樊瞟她一眼，發現她多少仍有淋到雨，制服和頭髮都有點濕。他打開副駕前方的抽屜，塞了一條毛巾到她手裡。

「快點擦乾，別又感冒了。」

知道他很關心她，他的吃醋也變得可愛起來。她擦完頭髮、拍乾制服，把毛巾疊好放在腿上，半個身子往駕駛座靠。

「家樊。」她的聲音又甜又軟，似裹了層層蜜糖。

這方式對他確實受用，剩下那點不滿一下就沒了，可是礙於面子，他仍一臉愛搭不理。

溫南枝性子向來偏急，被他這麼來回幾次無視，耐心已磨的差不多光了。她揪住他的領帶，直勾勾地盯著他，「我就幫朋友送個傘而已，你一定要這樣？」

他轉過頭，抬起她的下巴，食指頂在咽喉與脖子的交界摩挲。隨後，他張口咬上她的唇，力道很輕，她只感到酥麻，卻不會疼。她發出了些許微弱的抗議聲，但很快悉數被他以吻封緘。

好一會，他才放過她，她整張臉粉撲撲的，眼神嬌嗔，只差沒用小拳拳搥他胸口。

闞家樊揉揉她的頭，低笑：「我就是這樣的人啊。」

——這樣喜歡妳，所以斤斤計較。

四

陸之辰搭上僅有寥寥幾名乘客的公車。

乘車期間，他乏力地將頭靠在車窗玻璃上，想哭卻流不出眼淚。

他打開手機，追蹤新聞後續，發現傷亡人數逐漸增加。他其實很不想看新聞，每次點擊頁面，皆為折磨，但若不仔細瀏覽，又可能會錯失消息。

混亂思緒和悠長思念在內心衝撞，左胸口的鼓動顯得清晰而疼痛。

——原來，我連保護最喜歡的人都做不到。

未知經過多久，雨點打在車窗的聲音減弱，殘留於玻璃上的水珠破碎又細小，緩緩滑落，墜進他心底，漾開層層漣漪。

——妳安然無恙嗎？是否在淋雨？

他內心浮現很多憂慮，亦包含尋她的意義。

——妳會願意，見我嗎？

然後，他想起《小半》的後幾句歌詞：

——釋然／慵懶／盡歡／時間風乾後你與我再無關

無論如何，他都不願成為與她再無關的人。

兩個小時之後，陸之辰終於抵達偏鄉山腳。

暗夜雨幕中，他撐著傘，爬上坡面，走了很長一段路。來到山腰處，條條黃色封鎖線出現在眼前。黃線外，圍了許多人，他們的神情或是驚恐、或是無助。

現場有幾座臨時搭建的遮雨棚，他立刻提足向前，盼望能在那裡見到余笙。然而，無論走進哪一座遮雨棚，他都沒找到心心念念的她。

✿

一位志工發現他徘徊許久，「你在找人嗎？」

「是的。」他稍微描述了余笙的外貌。

「大哥哥，你在找的人是余笙老師嗎？」有道稚嫩的聲音問了他。

陸之辰回過頭，發現身後站了一位小女孩。

小女孩的臉頰沾了點泥土，長髮塌塌地貼在頭皮上，遇難讓她看起來有些狼狽，但那雙眼睛卻黑亮有神。他轉身，彎下腰回應：「對，我在找她。」他猜她可能是余笙的學生。

「余笙老師還在山上協助疏散，我下來的時候有遇到她。」

在旁的志工聽完，出言安慰神色憂慮的他，「你在找的人這麼好心，肯定會平安無事的。」

他正因明白她的溫柔，也總為她心疼不已。

✿

陸之辰站在遮雨棚內，望著山崖一整夜。縱然雙眸乾澀痠疼，他也未曾闔眼。

直到天邊微微泛白，雲間透出晨光，一抹熟悉的身影映入他眼簾。

「……余笙。」

他兩個多月沒見到她，感覺她似乎又瘦了一點，此刻更如一隻髒兮兮的流浪小貓，看起來脆弱可憐。

「之辰？」

余笙話語方出，他再也顧不得那麼多，幾個跨步向前，給了她深深的擁抱。

「啊，之辰，我很髒，你別碰我。」她慌張地輕推他的胸膛。

「沒關係。」他毫不介意，「妳平安就好，再髒都沒關係。」講完，他又把她摟得更緊了些。

在他溫暖的懷抱之中，她的手緩緩攀上他的背部，甚至扯動了他外套的布料。

兩人相擁許久，陸之辰察覺她趴在他身前微微顫抖。「妳有哪裡受傷嗎？」

余笙搖搖頭，「腳有點割傷而已。已經包紮過了，沒事的。」她仰起滿是淚痕的臉蛋，「我其實很害怕、真的很害怕。可是我無法丟下學生不管。」她的話中盡是哽咽，「救難的過程，我一直想起你，擔心再也見不到你了，你是支持我撐下去的動力。」

「沒事了、都沒事了。」他的呢喃於她耳畔響起，「妳很勇敢。」他替她梳開因泥水而黏結的髮絲，「哭出來沒關係。」

「我沒想到你會來。」她輕偎於他胸膛，再度輕輕抽噎，「剛才我的學生說，有人在找我。她描述的各種特徵實在太像你，但我明白期待越高，失落也只會更深。當你真正出現在我面前，我甚至以為在做一場劫後餘生的夢。」

彷彿要驗證他確實存在，她忽然踮起腳尖，於他頰側輕啄一口。他身體一瞬有些僵硬，但很快回神，朝她柔軟的雙唇吻去。

唇齒廝磨間，陸之辰呵著熱息問她：「妳會回來嗎？」

「……我可能會繼續留一陣子。」她輕喘著氣，觸摸他耳鬢的短髮，「這裡各方面資源都不豐富，就算是力量微薄的我，也能有所貢獻，讓我感覺到自身的價值。」她察覺他神色微黯，「不過，我和你約定，有休假一定會回去找你。」

他伸手與她的小指拉勾，「妳……還喜歡我嗎？」

余笙很小聲地囁嚅：「剛才白親你了，以後不親了。」

縱然她答非所問，但他已探出端倪。

——我的餘生，不能沒有妳。

或許，她是老師，他是學生，兩人的關係並不被允許。

然而在這層關係之上，他們仍然不想放棄幸福的可能與權利。

「之辰，我愛你。」

這是她初次對她的少年說愛，而她深信，這份情感將不斷延續。

五

六月，微風輕揚，初夏花開。

校內禮堂，畢業歌奏響，掌聲起落。

那一天過去，高三學長姐陸續離校；留下的高二學生，逐漸感受到升學壓力。他們即使捱過期末，也不再有寒暑假，接踵而至的是複習課程與大學模考。

窗外，鳴蜩嘒嘒；窗內，筆落窸窣。

暑修期間，一天八節課，通常全為自習，偶有各科抽測。

第一次全國模考定在七月的第三週，多數同學都開始把握時間，投入許多心力準備。

暑修第一週尾聲，顏帛俞在座位上往後一仰，叫苦連天。

「哎，我不行了。」他把原子筆架在耳骨凹槽，「每天不是讀書，就是考試，這種日子誰過得下去啊？」他說完，頭往旁一偏，向季長河尋求認同。

暑修按照號碼換了新座位，季長河坐在顏帛俞左手邊。

此刻，她正低著頭，將筆桿輕輕抵於臉頰下緣，專心地書寫國文科題本，並沒注意到他和她搭話。他自討沒趣，摸摸鼻子，朝四周瞧了瞧，察覺似乎真只有他坐不住，頓覺得格外難受。不過他不敢去煩夏詩穎，怕遭她白眼，還得挨一頓罵。至於陸之辰——

顏帛俞隱約聽見走廊上有人低聲交談，他朝窗台瞥了眼之後忍不住皺眉。——陸之辰那小子居然在跟別班女生聊天。

作為一位喜歡湊熱鬧的人，他飛快從座位站起跑出教室。

✿

顏帛俞從陸之辰身後拍拍他的背。

「你不自習，在這裡做什麼？」

陸之辰沒理他，倒是溫南枝扯了扯他衣袖提醒：「有人在對你說話呢。」

「嗯，不用介意他。」他睨他一眼，視線落回她手中的物理講義，「這一題運用的是光電效應……」

顏帛俞懵了，——不用介意？這朋友到底還當不當啊？

「喂，之辰，」他一條胳膊搭到陸之辰肩上，「你太見色忘友了。我物理也不好，你非但不教我，反而手肘向外彎，教起別班的女同學。」

溫南枝向來反骨，更不是省油的燈。雖然她不認識顏帛俞，可他干擾她學習，她就不打算客氣。

「同學，他不願意教你，肯定是你魅力不夠。」

他聞言只能咂舌，——連素未謀面的女生都不放過他。若套用他最擅長的數學，眼下情況可謂：內心創傷加一，套上括弧再乘以二，實在虐的不行。他摸摸鼻子溜回教室，馬上又被夏詩穎瞪，那眼神明顯在說：你活該。

他一面感歎大家因為考試變得六親不認，一面慢吞吞地走向自己的座位。

這時，季長河的複習恰好告一段落，便從紙頁微微抬起了頭。

「長河，我——」

走投無路的他，將她視為最後的心靈綠洲，但不到幾秒，他的綠洲就成了海市蜃樓。

「我要去辦公室拿習題解析，你需要嗎？」

顏帛俞右手一攤，前後伸了伸，「快去吧，慢走不送。」

✿

一模結束之際，大家熱衷於核對答案、討論成績。

季長河考完就知道沒考好，不免感到鬱鬱寡歡，有種前功盡棄的挫敗。她的目標是T大護理系，不僅符合她平時在校表現，也因T大位於他們現居的城市，且醫療相關科系大多遠近馳名。她有意更好地照顧他往後的生活，故將其作為首要選擇。然而依照該次模考的狀況，想擦邊通過初階成績審核都岌岌可危。

那天，季長河拖著沉沉的步伐返家，藍耘比她稍晚回到公寓，但很快察覺她似乎悶悶不樂。他鬆了領帶，坐上沙發，又朝她招手，要她窩到他身旁。她乖乖向他走去，躲進他的懷抱，一如找到庇護。一旦較為放鬆，淚腺也跟著脆弱。沒過多久，他就發現，她把頭埋在雙膝之間悄聲啜泣。

藍耘的手臂繞過她，將她圈起，心疼地問：「怎麼哭了？」

她思忖片刻，鼓起勇氣訴說模考表現不佳的事情。

聽完季長河的解釋，他低聲安慰：「別這麼難過，還不到正式上場。」

「可是……」

她知曉，藍耘過去成績優異、名列前茅。即使如此，當他正式上場考試時，仍有些失常，分數相較模考低了不少。而今，她連模考都出問題，遑論真正的大學入學測驗。

「不要給自己這麼大的壓力，長河。」

他的身軀輕輕貼在她背後，她能感受到那胸腔隨他說話微幅震動。

「我如果沒考上T大——」她沒往下講出心底的徬徨。

不過，他又豈會猜不到她未完的話語。

「無論妳去哪裡，我都會陪著。」

「……你的工作怎麼辦？」她訝然。

藍耘淺淺彎起唇角，下巴蹭過她的後頸。

「工作再找就有。」

——唯獨妳，我不能放手，亦放不了手。

最終話，朝與暮

日子裡的溫柔，
屬於你所賦予。
唯我知，情深幾許。

半年後，又值冬季，薄陽疏淡。

高三的他們，佇足青春的十字路口，迎來人生重要的考試之一。

在這之後，曾經相伴的朋友，或許終須一別。

✿

放榜當天，日光傾落的時刻，季長河已自被窩爬起，從床頭撈下手機。螢幕鎖屏畫面顯示學測結果通知簡訊，她的指頭微微顫抖，忐忑地解鎖螢幕、點入訊息。

「藍耘、藍耘……」

那時藍耘還在休息，聽到她的輕喚，於朦朧中想起是她成績公告的日子，便強迫自己快些清醒。他睜開眼，發現她眼眶泛紅，以為她考砸了，正在哭。他伸臂抱抱她，讓她別難過，卻聽到她難掩興奮地講述結果，才知那是喜極而泣。

他揉揉她的頭予以讚許，又表示，雖然過陣子若通過一階資格審核，進入二階備審資料製作與複試仍不輕鬆，但至少擁有爭取的機會，是一個好的開始。

✿

在學校，教室切分為二，幾家歡樂、幾家愁。

夏詩穎拿手的英文沒考好，打算衝指定科目考試一搏；顏帛俞則意外考得不差，翻了翻學校發下的落點分析手冊，有幾間風評不錯的大學數學系皆有望，決定嘗試提出申請；陸之辰如常發揮，得到全國僅百餘人才有的滿級成就，名字以大字報型式被張貼於校門口，假使不出意外，他應該能順利透過推甄，進入N大的醫學系就讀。

夏詩穎趴在課桌上，情緒懨懨的。

「你們真幸運，我得煎熬到七月初了。」

顏帛俞終於學會看氣氛一回，「詩穎，我會一直待在學校，直到妳考試結束。」

「你難得有點男朋友的樣子。」她睨了他一眼。

「難道我之前沒有嗎？」

她答得毫不猶豫，「完全沒有。」

兩人又開始鬧騰的時候，季長河發現陸之辰已在讀書，彷彿今天與昨日並無區別。

✿

隔日的早自習下課，一群高三學生擠在學校教學樓一樓穿堂，因為那裡的佈告欄張貼了級分較高的學生姓名。

陸之辰抱著一疊作業經過時，遇到佇足佈告欄前方的溫南枝。

「早啊，陸狀元。」她脆生生地笑，口吻褒貶參雜。

「別那樣叫我。」他斂眸看她，「妳考得還好嗎？」

溫南枝指向佈告欄，「來，你自己看。」

他順著她手指比出的位置瞧，得知她考了頗高的級分。

「看來妳挺適合衝刺。」

「是啊，瞧瞧我驚人的爆發力。」她不反對他的講法，「之前那些愛罵我的老師肯定要氣瘋了，我根本是他們教學生涯的毒瘤。」

「這是妳努力的成果，和毒瘤哪有關聯。」

陸之辰的表情未變，她卻聽出笑意。

「好啦，看你手上東西蠻多的樣子，要我幫你拿一點——」

她問句的「嗎」還來不及說，一道人牆就將他倆直接隔開。

「陸同學，這是要收給我的作業對吧？我拿就好。」闕家樊笑著從陸之辰手裡接過整摞題本。余笙離職之後，丁班的化學老師就換成了他。他轉頭又言：「溫同學，我有事找妳，妳過來一下。」

溫南枝欲哭無淚：他莫不是又吃醋了。再瞥他談不上和善的笑容，她就知八九不離十，過會她又要倒楣了。

陸之辰等溫南枝跟著闕家樊走遠，從外套口袋取出手機，回覆余笙不久前傳給他的訊息。

余笙：恭喜啊，陸小狀元。

之辰：……

被溫南枝喊作狀元已夠尷尬，她竟還加上了一個「小」字。

余笙：考了滿級分不開心嗎？

之辰：能不能換個稱呼？

她已讀好半天沒回，他以為她在忙，索性把手機螢幕關閉。未料片刻後，畫面又亮了，他定睛一看，那張總是處變不驚的臉，微微紅了。

余笙：好吧，親愛的。

✿

兩個月過去，季長河順利錄取T大護理系，馬不停蹄的生活步調，也終於能稍微緩下來。

她依然需要到校，但自習時間自由不少，通常能塞著耳機聽音樂、看看課外讀物。偶爾夏詩穎會問她化學，她便替她解題。

不過，最近她有一個新的困擾——

藍耘這些天，總要她上學前親他一下，才願意放行。出於害羞，她老是折騰許久仍出不了門，弄到都快遲到，末了他只好暫且作罷。

晚間，他下班回家，同樣戲碼又要上演，但由於不趕時間，他樂於慢慢和她耗。

某日，季長河實在覺得委屈，忍不住嗔道：「為什麼非要我親你？」

他愣了半晌，抱住她，又輕輕捏起她的下頷，湊上那綿軟可口的唇。他深入而恰到好處地吻她，她因再度忘記好好換氣，唯有稍稍張開嘴，吞吐與他交換的氣息。

她被親得恍恍惚惚，憑藉殘餘意識聽聞他哂笑。

「的確是——不一定要妳親我，我親妳也可以。」

——更甚，愛妳，又豈止朝朝暮暮。

✿

時光匆匆，有誰留下，又誰離開；歲月漫漫，是你留下，不曾離開。

日子裡的溫柔，屬於你所賦予。唯我知，情深幾許。

【正文完】

番外一，冬陽微暖

愛一個人的時候，
所有等待皆顯漫長。

冬至剛過，陽光幾乎直射南迴歸線，晝短夜長。

季長河剛進大學就讀三個月，仍在摸索與適應環境；藍耘則因公司人員派遣，需要到日本出差整整兩週。

藍耘動身的前一晚，季長河莫名惶恐不安。兩週，說長不長、說短不短，她卻未曾與之分別過這麼久。她強迫自己保持平靜，怕影響了他的情緒，可他又怎會感覺不到。

他們一同蹲在房間，她為他疊衣服，讓他好收拾行李。她刻意背對著他，不願被他發現她在掉眼淚。

「長河。」他叫她，嗓音低啞柔和。

她應聲，「怎麼了？」但沒回頭。

他離她很近，長臂一撈，她便後仰，輕易跌入他的懷抱。她已悶著哭了一段時間，雙頰紅的厲害，眼眶亦濕潤腫脹，看起來極像被人給欺負了，很是可憐。他的心臟一瞬揪緊，相當不捨，箍在她細腰的手不自覺使力，讓她更為貼近自己。

「我每天都會和妳聯繫。」

季長河點頭，盡量撐起微笑，殊不知那勉強的笑，只令他愈發心疼。

「要好好照顧自己，知道嗎？」他吻上她的髮，又逐漸下移，耳尖、側頸、肩膀，「等我回來會驗收，一公斤都不准少。」

「如果少了呢？」

他扳過她的身子，和她對視，目光深沉，「補回之前，每一餐我親自餵妳吃。」

她的臉有些發燙，不知不覺也沒再哭了，僅眼裡殘留一點淚光。「你在日本也要好好的，不可以變心噢。」她癟了癟嘴。

他愣了一下，雙唇附到她耳邊，「我的心都給妳了，怎麼變？乖乖等我回來。」

愛一個人的時候，所有等待皆顯漫長。

✿

藍耘無論工作多忙多累，每日仍依約撥空與季長河通話、傳訊息。她看得出他很疲憊，故意單方面減少了回信頻率，通話期間也都長話短說。他以為讓她不耐煩了，想問又怕傷感，只好投注更多心思在工作上，分散想念並爭取提前回國。

季長河其實很想透過視訊多看看藍耘，但也深深明白，那對他而言無疑會是妨礙，便一再提醒自己，不可過分和他聯繫。每當收到他的問候，她內心縱是無比雀躍，卻也不敢妄加表露，只敢憑藉想像，揣摩遙遠的他會是怎樣的表情，在腦海刻畫那記憶中的輪廓與身影。

兩人懷抱相仿的情感、各自的心思，一天天，倒數，再逢的日子。

✿

後來，藍耘提前兩日完成工作，並決定偷偷回國作為意外驚喜。

那天，他在午夜抵達國內機場，搭上計程車，於凌晨兩點多時到家。

打開家門，屋裡光線昏暗，唯幾盞夜燈微微亮著。他知道她有點怕黑，獨自在家總要開燈。

他不發聲響地脫下鞋子，將行李暫時擱置門口，想先進屋找許久未見的她。然而，他還未踏入寢室，就見她蜷著身軀睡在沙發上，待他適應黑暗，看清她的模樣，他怔住了——

季長河穿在身上的，不是她自己的睡衣，而為他的家居服。

由於體型差距，他的衣服整件鬆垮垮地掛在她身上，導致她一側渾圓白皙的肩頭暴露在空氣中。她抱著一大團厚厚的棉被，卻還是很冷的樣子，雙唇沒什麼血色。可正是這般嬌弱的情態，誘引出他體內渴望她的貪婪。他無法壓抑心頭的躁動，輕輕觸碰了她滑軟好摸的肩，又低聲輕喚她的名字。

「長河。」

藍耘不在的這幾日，她都輾轉難眠。即使睡著了，也睡得很淺，非常容易醒來。現下忽有了動靜，她自然驀地睜眼，但也誤把現實當成夢境，因為他的出現。

她呢喃，「藍耘。」聲音飄渺又輕柔，「你怎麼提前回來了？」

他看出她仍有些恍惚，「事情比較早辦完，就回來了。」說著，又順她肩頭往下，撫了撫她的上臂。霎那間，她澈底清醒，撥開棉被，從沙發坐起，但是下一秒，她想到還套著他的衣服，一張秀氣的面龐頓如像火燒似地發燙。

「我、我……不是……那個……」她支支吾吾，不知如何解釋自己的行為。

「嗯？」

「我的睡衣拿去洗了，還沒晾乾……所以先穿你的將就一下。」

藍耘明白她臉皮很薄、心裡大概慌得要命，卻又有點想逗她。

「這樣啊，原來穿我衣服不是想我。」他裝出難過的模樣，「看來妳已經對我膩了，所以我發訊息給妳，妳也都不太搭理。」

「沒有不想你呀，」她繞了個彎小聲回應：「我是怕打擾你工作。」

她話一講完，驚覺落入了他的圈套，——她這不是間接承認因為想他，而穿他衣服了嗎？

他失笑，伸手攬住她，學她不坦率的說辭。

「我也是，沒有不想妳。」

✿

藍耘雖然疲憊，但與季長河久別相見，怎都不捨闔眼。他乾脆打開電視，摟著她，一起坐在沙發上觀賞影集。

她屈膝窩在他懷裡，時而抬頭望他、時而拿塊點心放進他嘴裡。說是時而，其實為多數時候，幾乎貫串整個觀影過程。所以她不太清楚電影演了什麼，只記得——當男主角親了親女主角的面頰，他同樣低下頭，吻了她的額角。

直至電影結束，廣告跳出，他們才意識到已過了近兩小時。她因依偎著體溫偏高的他，蒼白小臉恢復紅潤，僵硬的四肢末梢也得以舒展。

後來，第二齣影集播到一半，她再度犯睏。他抱起她，送她回寢室休息。當她趴在他胸口，埋著頭，終於羞怯地道出內心話：「……藍耘，歡迎回來。我好想你。」

距離天亮仍有段時間，但屬於她的暖陽已回歸身旁，溫煦而美好。

番外二，良辰

他確信有她相伴的時刻，
皆為幸福的甜。

溫南枝就讀大學之後，除了超市的打工，又額外增加了幾份兼差，每天都忙得不可開交。闕家樊最初以為她有想買的東西，觀察了一陣子，又發現似乎並非那麼回事，但詢問她理由，她又不肯說。

某日晚間下起大雨，闕家樊開車去載打完工的她。那天她的打工地點是花店，他抵達店門口時，發現她正和女店長在談話，面色還有些凝重。

待溫南枝上車，他開了一段路之後，忍不住問：「妳還好嗎？」

「我……還好。」她欲言又止，接著又道：「家樊，我今晚能在你家過夜嗎？」

從她高中畢業以來，都是他邀請她至他家過夜，她未曾主動提出這樣的要求，因此他有些驚訝。

「當然可以。」

他肯定不會反對，能多與她獨處，何樂而不為。

✿

到了闕家樊的住處，溫南枝進屋沒多久，就一臉嚴肅地表示，她有話要告訴他。

或許是連續劇看太多，面對此情此景，他很快做了最壞的考量，包含她想提分手、她身患隱疾、她——

在他諸多揣測時，她雙眸微垂，並以雙手擒住他的左腕，「家樊，我……」

他嚥下一口乾澀的唾沫，喉頭上下滾動。

「我好像懷孕了。」

「什麼？」

闕家樊其實沒有惡意，只是一瞬過於錯愕，但這樣的反應，對她來說無疑是種否定，她立刻流下眼淚，

「對不起，你會不會不要我了？」

「怎麼可能。」他想緊緊抱住她，可又怕壓到她的肚子，只敢輕輕摟著。「什麼時候的事情？」

「上個月，我的生理期沒來，而且身體總是發燙，還很疲憊。最近更容易犯噁心，沒什麼食慾。」她小心翼翼地解釋，不忘觀察著他的神情，「我剛才詢問前陣子生過孩子的花店店長，她說我這種症狀大抵是懷孕了。」講完，她又感到頭暈，「我現在也不太舒服……」

他不放心她的身體狀況，「走，我帶妳去醫院檢查。」

「現在？」溫南枝累得不行，「時間好晚了，我想洗澡睡覺。」

「乖，妳在車上睡，」他哄她，先是撥開她的瀏海，又吻了額頭，「到醫院我再叫醒妳。」

✿

診間裡，醫師向兩人說明了情形。

「溫小姐之所以經期失調，又渾身發熱、食慾不振，只是單純過勞，身體提出警訊，請多休息。」

「所以……不是懷孕？」

聽到醫師的診斷，闕家樊提出疑惑。

醫師淡淡掃了他一眼，目光隱含著鄙夷，「她身體狀況不太好、年紀也小，請你別硬是勉強她。」

他旋即沉默了，覺得相當冤枉，——他怎會逼她懷孕？

離開醫院，他們回到車上，氣氛有些微妙。

「家樊，抱歉，我不是故意的……」溫南枝攥著衣襬，委屈又尷尬。

「沒關係，我其實捨不得妳現在就懷孕。」

闞家樊明白她仍在讀書，也正處於美好的青春年華，未到讓生活多個小奶包來照顧的時候。

她紅著臉問他，「那……等好久好久以後，我們真有了寶寶，你喜歡男孩、女孩？單眼皮、雙眼皮？白胖胖，還是黑溜溜？」

他沉吟半晌，湊向她耳邊，低聲說：「妳生的，我就喜歡。」

✿

再次回到他家，他們席地坐在客廳的絨毛地毯上。

闞家樊背倚沙發靠肘，又拍拍自己身旁空著的位置，示意溫南枝坐離他近些。

她屈膝爬向他，動作輕盈靈巧，像隻優雅的貓。他撫上她的髮，似在為其順毛，「南枝，我不想干涉妳的生活，但妳把身體累出了毛病，我就不能坐視不管了。」他問她：「妳能誠實告訴我，為什麼要兼差那麼多份工作嗎？」

她以指尖輕輕在他腿上畫圈，「每次一起出門，無論是吃飯、遊玩或有其他安排，皆由你出錢，我總覺得很不好意思。想著，哪天我一定要霸氣一回，對你說：『我請客。』。」

「只因為這樣？」他感到窩心，但也有點哭笑不得。

「才不是『只因為』，那很重要。」她嘟嘴，不開心了。

他忍不住讚美自家的小彆扭，「妳真可愛。」

「討厭！」

溫南枝因害羞而炸毛，開始拿粉拳砸他胸口，可是她的力道很輕，只弄得他更加心癢。

「南枝，妳再亂動，我就要親妳了。」

「不准。」她用雙手捂住他揚言肆虐的嘴，掌心卻被他伸舌舔了一下。「啊……」

他望向紅著臉抽回手的她，確信有她相伴的時刻，皆為幸福的甜。

番外三，她的少年

到底誰誘拐誰，
是妳我才知道的祕密。

婚禮會場布置為喜氣的紅，典禮開始之前，一眾受邀的賓客逐一入席，也有不少人站在外圍寒暄。

「余笙。」

一位男賓客叫了她的名字，她回過頭，瞇眼，似乎在記憶中找出有關他的部分。

余笙今天來參加兩位大學同學的婚禮，但她其實不太明白自己為何會收到喜帖，因為她與新娘新郎任一皆稱不上熟識。不過幾位朋友都會列席，又說很久沒看到她，想見個面，她才決定赴約。

此刻，她對站在面前的男人，僅有模糊的印象，確定是認識的人，但已經連名字都不復記得。

「妳忘記我了？」

對方見她困惑的表情，猜出她的心聲，她唯有歉然地點頭。

後來，經過男人的自我介紹，她終於想起，大二時，他曾於通識課程與她分在同一組，一起做了期末報告。

「好久不見。」她淺淺微笑。

對方一瞬怔住，隨後則說：「的確好久不見，妳又比以前更漂亮了。」

她正苦惱該如何接話，幾個女生忽然圍了過來，全是她的朋友，她便急忙藉口離開。

✿

幾位朋友入座之後，七嘴八舌地把余笙作為話題焦點。

「妳沒繼續和陸佑壬交往啊？」

「我早就說過，跟那種人不會幸福。」

「那現在呢？還單身嗎？」

余笙有點應付不過來，也不太想在這種場合談論隱私，只能陪笑點頭，偶爾回應無傷大雅的問題。

「我想看妳新男友的長相。」

有個朋友得知她並非單身，隨即開口向她央求要看照片。

「這……不太方便。」

她不喜歡心愛的少年被作為眾人討論的對象。

「這麼小氣。」另個朋友抗議，「長得難看也沒關係啊。有愛就好，我們又不會笑妳。」

「不是那樣……」她在桌下絞著指頭，有點無奈。

沒過多久，余笙的手機突然響起。

「抱歉，我接個電話。」

她拿出手機，撥電話給她的是陸之辰。他升上大二之後，課業變得繁重，但他仍固定與她聯繫。

他們昨夜在睡前通訊，她告訴他，今天她會回城參加同學的婚禮，婚禮結束以後，兩人可以碰個面。

「午安，之辰。」

「午安。」

陸之辰原已好聽的聲音，伴隨他的成熟更為沉穩。

「妳參加的婚禮幾點結束？」

「預計是三點半，怎麼了嗎？」

「我去接妳。」

「沒關係，你很忙吧。」她知道他週末也需上課，「我會到你們學校找你。」

「今天的實驗不複雜，應該會提前結束。」

他未直說，語調也沒變，但她聽出他的執著。

「我知道了，等一下發位置給你。你三點半過來吧。」

余笙剛切斷電話，朋友們立刻問她：「誰要來接妳？男朋友嗎？」

「嗯。」

「不給看照片，直接秀真人，我們當然不會反對。」某位朋友賊嘻嘻地笑。

幾個人又鬧了好一會，會場燈光暗了下來，結婚進行曲奏響，新郎新娘入場。

✿

當婚禮邁入尾聲，陸續有賓客離席，亦有不少人相約續攤。

最初向余笙搭話的男人，見她準備離開會場，上前問她要不要與大家找下一間店再聚。

余笙的朋友搶先答話：「她男朋友要來接她，我們都在期待呢。」

男人看她沒攜伴前來，原以為她仍單身，不禁感到有些失望。不過他很快又安慰自己，若等會她的對象看起來不怎麼樣，他依然有機會追求她。

三點半一到，陸之辰依約出現在會場門外。

「余笙。」

他喚她，嗓音偏低，且目光灼亮，旁若無人。

余笙走上前，想抱抱他，但礙於其他人在場，就只拉了拉他的手。

他察覺不遠處站了幾名女子和一位男人，而他們的視線不斷打量著他和她。

「妳朋友？」

她轉頭望了眼，「……算是吧。」

「需要打招呼再走嗎？」

「不用。」她搖搖頭，心裡都是他，無暇多顧。

孰料，他們才剛向前幾步，余笙的幾個朋友竟一湧而上，對著她就是一通揶揄。

「哇，余笙，妳去哪裡釣的小鮮肉？難怪藏得這麼好，也不肯對大家說。」

「對嘛，神神祕祕的，肯定是吃嫩草心虛。妳是不是誘拐人家啊？」

「小伙子，妳看上余笙哪裡？是外貌嗎？我們知道她很漂亮，但這也是她唯一的優點，其他什麼都沒有了。」

大夥你一言、我一語，余笙的臉色愈發蒼白，抓著陸之辰腕部的小手不自覺扣緊。

「我喜歡她的全部。」他沉聲打斷她們，又言：「我們還有事，先走了。」

✿

陸之辰進入N大醫學系就讀後，便從家裡搬出去、在外租房。他憑藉優秀的成績，接下不少家教工作，再加上獲得各種獎學金支援，生活維持得十分穩定。

他們乘上計程車，準備前往他的租屋處。沿途，余笙一言未發，但緊緊依靠著他。

抵達目的地，陸之辰才進門，就被余笙抱住。她埋在他胸前，讓自己被他的氣息包圍，汲取安心的實感。他撫摸她的後腦勺、拍了拍她的背，想起她被朋友那般對待，便又一陣心疼。

「剛才那些朋友，以後別太常往來比較好。」他點到為止。

她仰首，眼角略紅，「不希望你去現場接我，就是不願你被她們看去，或者讓人指指點點。」她不在乎自己被如何看待，可是她無法接受他受牽累。

陸之辰明白她心裡難受，捧起她的臉與之對視。

「余笙，無論那些人說過什麼，我都只屬於妳。」他俯身細吻她的額頭，「況且，到底誰誘拐誰，是妳我才知道的祕密。」

聽到他這麼說，她害羞地別過頭，釋然的心裡絲絲泛甜。

——最親愛的他，是只屬於她的，少年。

小段子，彷彿若有光

十年一諾
——藍耘×季長河

溫故他心
——闞家樊×溫南枝

餘生有星辰
——陸之辰×余笙

一十年一諾（藍耘×季長河）

十八歲生日那晚，季長河追溯與藍耘相識十年的點點滴滴。

當她佇足於窗邊微微出神，他不知何時已站在她身後。

「長河，生日快樂。」

聽到聲音，她回過頭，見他髮梢還濕，知道他剛洗完澡，身上散發著肥皂的清香。他為她戒菸已一年有餘，那股菸草氣息淡了許多。

藍耘伸手觸摸她的臉龐，縱使稚氣未褪，依然成熟了幾分。如今她終於成年，且仍在他身邊，感慨有時、欣慰有時，所有情緒化為一個綿長的吻，末了分不清是誰在追逐誰的舌。

稍停時，兩人氣息都還不穩，他執起她的手，親了親。她感覺指尖先是發麻，後來無名指倏地一涼，彷彿被什麼圈住。她迷濛著眼，低頭去看，一枚銀亮的戒指，大小剛好地落在指根。

「藍耘……」

她又是驚訝，又是喜，一笑竟似哭。太過飽滿的情感，撐得她胸口發疼，因而掉淚。他以舌尖捲去她的淚，嚐到一點鹹。

「妳願不願意與我永遠在一起？」

她用力地點點頭，內心明白，這是他予她的——

——十年一諾。

二　溫故他心（闕家樊×溫南枝）

——以為不會為誰而執著，現在卻有了捨不得放開的人。

闕家樊年少時性格冷漠，稜角多且不懂圓融。

高中期間，他被愛挑事的人找麻煩，打了一架，挺嚴重，還斷了肋骨，險些沒命。他不會忘記，父母那時心痛的神情，便知曉，所謂的傲骨，可能傷人，還害了自己。

他一改昔日作風，至少表面上，他不再與人爭，隨意又率性。

直到成為教師，他依舊藏匿性格裡的所有銳利。

當他遇上渾身帶刺的溫南枝，一開始只覺她似過去的自己，從而擔心她也會受到傷害，便起了保護的念頭。可是護著、護著，隱約有什麼悄然改變……

「家樊，我這段讀不懂。」

剛上大學的溫南枝，捧著分析化學原文書，一臉苦惱。

「我是高中老師，不教這個。」他故意堵她。

她睇他一眼，揶揄道：「哦，原來你也不會呀。」

「怎麼不會。」他挑起她的下巴，「我的意思是，額外補習總該支付點什麼。」

「你要什麼？」

「妳說呢？」他笑，意圖明顯。

她踮腳，親了下他的臉頰。

「好了，快點教我。」

知道她親的敷衍，他低聲講了句：「溫故知新。」

她以為是字面上的意思，誤會他仍不肯教，鼓起了腮幫子。

「妳知我心。」

他說罷，她瞭然，臉頰還鼓著，卻也紅了。

問題終究來不及說清，她就被他狠狠地索吻。

——這學費的付款方式讓她有點喘不過氣。

三　餘生有星辰（陸之辰×余笙）

三年後，余笙結束偏鄉服務，回到城市重新找工作，但過程相當不順。
然而，她不敢告訴陸之辰，一方面知道他在醫院實習很忙，另一方面則不想讓他擔心。
她生活過得節儉，平日經常省餐，夜裡又睡不好，幾個月下來，不但瘦了還生了病。

陸之辰去探望她，整晚守在床邊，握著她的手，直覺那體溫燙得嚇人。
「怎麼把自己弄成這樣？」他看似是質問，更多的則是自責。
她燒得精神有些渙散，卻仍朝他甜甜一笑，「抱歉……」
「休息一陣子吧。」他撫了撫她的面龐，是濕的，不確定是汗抑或淚水。
她搖頭，表示不同意。他輕輕歎氣，掀開她的棉被，躺了進去。
「之辰……」她想往旁挪動，怕傳染給他，可身體一點力氣都沒有。
他抱著又軟又熱的她，很是心疼。
「妳明明可以多向我撒嬌。」
朦朧間，余笙望入他的眼，清透且明亮，彷若有星辰在閃耀。
沉沉睡去之前，她許了願——

——願一切都好，願你永遠在我身邊。

隔日晨起，她退了燒，人還躺在他懷裡。

陸之辰靜靜凝視她，眉眼間盡是溫柔。

「早安，余笙。」

「……早安。」她摁了摁他胸口，像確認他是真的在。

他按住她的手，「會癢。」聲音明顯隱忍。

余笙倏地把手抽回，臉上有點燙。

「幾點鐘了？」她忽然想到。

「不清楚。」他這天請了假，只想陪她，沒注意時間。

她摸索枕下的手機，拿起一看，一封工作錄取郵件，躍然螢幕前，就像是小小的奇蹟。她忘了最初是要看時間，啞著嗓子，告訴了他好消息。

他聽完，抆去她不自覺溢出的淚。

——「余笙，一切會好，我永遠在妳身邊。」

後記，浮生留影

願我們，
都能與重要的人
相遇、相知、相惜。

這是最初的想法。
——想描繪年差相戀的故事。

許多感情皆因外在因素無法相守，年齡差距便是常見的阻礙之一。
寫慣悲傷結局的我，這一回卻順應角色的心聲，讓一切走向了圓滿。
整個過程，我看著他們在情節裡，或是快樂、或是沮喪，或是傷害、或是被傷，有甜有苦，就是日常。

這是個平凡的故事。
人們會相愛、會遺憾，擁有各自的堅持與執著，既是角色，亦為真實。
也許你曾在故事裡，參與了我的生命片段，抑或投射出自己的身影。
每個人，皆如此相似，而又不同。

昔日於某本書中讀到，——情感所帶給我們的，從來不是獲取，而是回味。
走過歲月，一些記憶正因疼痛，方成為心底的深刻。
人生或許不全然美好，但若選擇接受與承擔，將能尋得屬於自己的珍惜。

在此，感謝秀威出版社與夏華編輯、陪伴我完成這篇故事的各位，以及並未輕言放棄的自己。

願我們，都能與重要的人相遇、相知、相惜。
也願這則故事，能予你溫柔幾許。

——一九〇六二九，黎漫，台北

要青春50　PG2281

要有光 FIAT LUX　**幾許溫柔**

作　　者　黎　漫
責任編輯　鄭夏華
圖文排版　林宛榆
封面設計　黎　漫
封面完稿　楊廣榕

出版策劃　要有光
發 行 人　宋政坤
法律顧問　毛國樑　律師
印製發行　秀威資訊科技股份有限公司
114台北市內湖區瑞光路76巷65號1樓
電話：+886-2-2796-3638　傳真：+886-2-2796-1377
http://www.showwe.com.tw
劃撥帳號　19563868　戶名：秀威資訊科技股份有限公司
讀者服務信箱：service@showwe.com.tw
展售門市　國家書店（松江門市）
104台北市中山區松江路209號1樓
電話：+886-2-2518-0207　傳真：+886-2-2518-0778
網路訂購　秀威網路書店：https://store.showwe.tw
國家網路書店：https://www.govbooks.com.tw
總 經 銷　聯合發行股份有限公司
231新北市新店區寶橋路235巷6弄6號4F
電話：+886-2-2917-8022　傳真：+886-2-2915-6275

出版日期　2019年9月　BOD一版
定　　價　340元

Printed in Taiwan

國家圖書館出版品預行編目

幾許溫柔 / 黎漫著. -- 一版. -- 臺北市 : 要有光, 2019.09
面； 公分. -- (要青春 ; 50)
BOD版
ISBN 978-986-6992-20-9(平裝)

863.57 108013241

讀者回函卡

感謝您購買本書，為提升服務品質，請填妥以下資料，將讀者回函卡直接寄回或傳真本公司，收到您的寶貴意見後，我們會收藏記錄及檢討，謝謝！如您需要了解本公司最新出版書目、購書優惠或企劃活動，歡迎您上網查詢或下載相關資料：http:// www.showwe.com.tw

您購買的書名：____________________

出生日期：________年________月________日

學歷：□高中（含）以下　□大專　□研究所（含）以上

職業：□製造業　□金融業　□資訊業　□軍警　□傳播業　□自由業

□服務業　□公務員　□教職　□學生　□家管　□其它____

購書地點：□網路書店　□實體書店　□書展　□郵購　□贈閱　□其他

您從何得知本書的消息？

□網路書店　□實體書店　□網路搜尋　□電子報　□書訊　□雜誌

□傳播媒體　□親友推薦　□網站推薦　□部落格　□其他________

您對本書的評價：（請填代號　1.非常滿意　2.滿意　3.尚可　4.再改進）

封面設計____　版面編排____　內容____　文／譯筆____　價格____

讀完書後您覺得：

□很有收穫　□有收穫　□收穫不多　□沒收穫

對我們的建議：____________________

____

____

____

請貼
郵票

11466
台北市內湖區瑞光路 76 巷 65 號 1 樓
秀威資訊科技股份有限公司 收
BOD 數位出版事業部

（請沿線對折寄回，謝謝！）

姓　　名：＿＿＿＿＿＿＿＿　年齡：＿＿＿＿　性別：□女　□男

郵遞區號：□□□□□

地　　址：＿＿＿＿＿＿＿＿＿＿＿＿＿＿＿＿

聯絡電話：(日)＿＿＿＿＿＿＿＿　(夜)＿＿＿＿＿＿＿＿

E-mail：＿＿＿＿＿＿＿＿＿＿＿＿＿＿＿＿